晴空下與你一起狂奔

あと少し、もう少し

瀨尾麻衣子 著

陳嫻若——譯

0

今天早上，我被指名跑最後一棒。

「沒錯沒錯，報名時我改了。」

坐公車抵達田徑場後，上原把全體集合起來時，突然這麼說。我默默地凝視著上原的臉。

「還是讓桝井跑六區。」

「嗄？」

「我是說五區和六區互換。」

「為什麼？」

「什麼為什麼，因為想贏啊。這就是唯一理由。」

「拜託，哪有這樣的嘛。」

這麼大的事之前完全沒聽說，怎麼可以在比賽當天，而且還是出賽前才告知？我想上前抗議，上原拿起脖子上掛的總監證給我看。

「你看這個。」

「看什麼？」

「我是總監，也是田徑社顧問。雖然很遺憾，但我的權限比你這個社長大。」

上原說完，又像平常那樣給出模稜兩可、含糊不清的指示：「好了，拿出精神來。對了，我們得先去場地把營帳紮好才能占到位置。嗯，站起來吧。」

國中驛傳的規則是，男生組六人跑十八公里，女生組五人跑十二公里。將縣分成六個地區，舉行分區比賽，每區各選出前六強學校，參加全縣大賽。在該賽中得到冠軍，便能進入全國大賽。驛傳開賽前會舉行打氣會，入選全縣大賽時也會舉辦祝捷會。驛傳大賽比起田徑社的夏季大賽和冬季大賽，不知盛大多少倍，是全校動員的大活動之一。

大部分的學校都不只派出田徑社所屬的學生，而是選出速度快的學生組成隊伍。事實上，籃球社或足球社裡，意外的也有不少選手，跑得比田徑社快。我們這一區有十八所國中，但因為鄉下學生少，根本沒有學校只派正規田徑社選手參加驛傳，我念的市野國中也是這樣。

市野國中位在我們這區塊的深山地區，全校學生只有一百五十人，但即使如此，每年男子驛傳隊也都能搶進第五名或第六名，吊車尾入選全縣大賽。我從國一就開始跑驛傳，升上三年級後當上田徑社社長，今年是最後一次跑了，所以希望這次不要吊車尾，能進入前三名，光明正大的進全縣大賽。這是我的想法。

在國中無論做什麼事，最需要的不是能力，而是努力，雖然聽起來好像我在騙人，但幹勁、韌性、團隊合作和紮實的練習，決定了成敗。不管是哪一種運動，或者月考還是合唱比賽都一樣，但其中，這些要素對驛傳來說，影響最為明顯。每年獲勝入選的不是擁有天才的隊伍，而是有較多努力加快速度的伙伴的隊伍。

只不過要召集韌性強的同伴，或是強迫全體一起努力並不容易。該怎麼做才能達到目標？最簡單的方法就是找個實力強的指導者。我們這些人都還是讀國中的小毛頭，所以多是在師長恐嚇、強迫中，膽顫心驚的一直努力，最後才鍛鍊成材。

我們市野國中田徑社，有個牛鬼蛇神般的老師，就是體育老師滿田先生。只要照著滿田老師的吩咐去做，就能得勝，就能變強。老師平時從不准許任何人偷懶，但是多虧滿田老師的努力，就算隊裡幾乎沒有善跑戰將的那年，市野國中還是入選全縣大賽。今年也和往年一樣，田徑社人才短缺，但是滿田老師一定會挑選成員，組成隊伍，而且會使我們的實力變強。我深信不疑。

但是，教師人事有了異動。國中教師大約每五年就要變動一次，在市野國中待了八年的滿田老師，也終於要被調任了。老師在離任儀式之後，把我叫出去。

「桝井，不好意思，沒辦法帶你們到最後了。」

老師向我低下頭。滿田老師體型龐大，不管是低頭還是道歉，都給人相當的壓迫感。

「雖然很可惜，但是也沒辦法。」

我也不由得低下頭。說老實話，我希望他負起責任，帶我們到比賽結束，但心裡也很明白，他比我更懊惱。

「現在還不能公布，等你知道田徑社顧問是誰，可能會嚇到腿軟。不過，顧問也只是掛名，訓練內容還是照去年的方式做就行了，隊伍你來帶。我們在分區大賽上見面嘍。」

老師拍拍我的肩。

新年度開學典禮的最後，所有教師在我們面前站成一排，發表所帶的班級、學科、輔導的社團活動。被調來補滿田老師缺的體育老師是下山，他的專長是棒球，所以接下棒球社。既然如此，那田徑社會是誰呢？負責女生體育的花井來接是否妥當？不行，花井是排球社的，應該不會調動。那就是學生輔導的織田老師嘍。田徑社顧問負責驛傳運作，所以，像學生輔導那種沒什麼權力的老師派不上用場。難道還有更令人意外的人物嗎？正當我左思右想之際，突然聽到教務主任介紹：

「美術科專任、配屬二年級、田徑社顧問，上原老師。」

上原的頭咕咚的點了一下。

上原？怎麼可能。開玩笑吧。我把排成一列的老師們從頭到尾掃了一遍。

去年，上原是美術社的顧問。但是去年秋天，三年級退出之後，社裡就沒人了。美術社也沒有活動。所以她才被調到田徑社來。多虧平時肌力訓練時下盤練得很結實，所以我並沒有腿軟，可是全身力氣都被抽光了。上原是個二十七、八歲的女教師，看起來既遲鈍又蠢笨又瘦弱……總之，她是最不適合接任田徑社顧問的老師。

第一次會議中，上原這麼說：「我是上原，從今年開始擔任顧問。我對田徑一竅不通，也沒有足夠的能力當顧問。能力所及的事我會盡量做，所以請多多指教。」

果然如我預料，一開頭就先讓大家有心理準備，顧問如此示弱還怎麼做下去？我立刻感到忐忑不安。

於是，才第三次練習上原就被逼哭了。她既沒設計訓練計畫表，也給不出建議，原本全是滿田信徒的田徑社成員對她的不滿不斷升高。

「老師，你真的什麼也不會耶。」

「啊——真是一點都幫不上忙。滿田真的不回來嗎？」

望著解散時抱怨連連的社員，上原的眼眶越來越紅。

「哦，老師也來幫忙吧。」

我把釘耙塞給呆立一旁的上原。

滿田老師在的時候，全體社員都要整理操場，但第二次練習時，只剩下一半的人在做。若是放學時間太晚，社團活動就得停止。就算她不知道田徑是什麼，但總會耙地

吧。

「對不起，我做顧問，害得桝井同學你也很苦惱吧。」

「沒這回事。我們快點收拾吧。」

「我還是辭掉吧。」

「嗄？」

「我來接田徑社不是很奇怪嗎？不論是誰，隨便想想都知道不行，為什麼要我來接呢？」

當老師的人說這什麼話啊，沒出息的口吻幾乎令我昏厥。上原成為田徑社顧問確實很奇怪。但是每個人都有自己的種種考量，我也是一樣。國中最後一次驛傳，應該是我從小到大最重要的大事，然而，顧問卻是這麼靠不住。我嘆了一口氣。

「照這麼說來，老師你到底會什麼呢？」

「啊？」

「除了美術之外，你還會什麼？會打棒球嗎？能玩籃球嗎？」

「這些我都不會。」

我猜也是。一碰到球，就快扭到手指，而且上原也不像能了解籃球或棒球規則的人。

「老師，我想你就算負責其他社團也是一樣啦。」

「是喔。」

「不論如何，你可以別在學生面前哭嗎？老師只有在畢業典禮才能哭啦。」

「嗯，有理。啊，可是我並沒有哭，這是花粉症啦。」

這位上原好像只有神經特別大條，她從口袋裡拿出面紙，不慌不忙的擤著鼻涕。

絕望加上悲慘。我國中最後一次驛傳就在最糟的狀況中開始了。

一區

脫下防寒大衣，我輕輕跳了幾下。手臂感受到冷冽的風。為求謹慎已先熱身過，照理說應該暖過的身體，不知是因為冷還是緊張，竟然起了輕微的雞皮疙瘩。

站在四周的十七名選手，大家都有著最符合一區的顯耀和氣勢。只是站在那裡就引人注目，像桝井那樣。而我還是不一樣，有點膽怯，於是深呼吸一口。這個地區群山環繞，所以田徑場周邊和驛傳路線也都綠茵處處。清澈的空氣把身體深處完全滌淨了。

你問我喜歡跑步嗎？答案是ＮＯ。這麼累又辛苦的差事，能不找我最好。國中畢業之後我就不想再跑了。畢竟從小學開始，我就一直期待義務教育的結束。

但是，你問我喜歡驛傳嗎？若是這個問題，答案是ＹＥＳ。被賦予重任，掛上接力彩帶，這種感覺我喜歡。只有在跑驛傳的時候，我才擁有稱得上是「伙伴」的隊友。

起跑前一分鐘——廣播如此播放著。大家一起排列在起跑線上。空氣似乎因而凝結了。其他學校的老師們仍緊跟在旁做最後叮嚀：田徑場內用三十秒均速跑，或是跟在那傢伙後面就對了。

「設樂，加油哦！」

眾人中，上原老師像是託付心願似的說著，一如平常沒有具體的建議。但是，我知

道有人叫我加油是件幸福的事。

「嗯。」我哼了一聲點點頭。

早上到達田徑場時還是微陰的天氣，但不到九點，天空便漸漸變得清澈。秋天來了，每年驛傳大賽時都有這種感覺。

鴉雀無聲的田徑場中，爆出槍響。與此同時，我的身體像裝了彈簧般跳出去。國中最後一次驛傳就此開始。

1

「喂，你在猶豫什麼？快點來田徑社啦！」

正當我徬徨著不知該去哪個社團參觀時，桝井叫住了我。

剛進國中的第一週，大家大致都決定好要進哪個社團，桝井也從試聽第一天就參加田徑社的練習。

我參加試聽的有美術社和電腦社。兩社都只有兩三個社員，從事悠閒安靜的活動，很難不感受到一種難以理解的獨特氛圍，不過兩者都很輕鬆，很適合我。只是，我知道加入這兩社的話，就等於走向被霸凌的修羅道。也因為這樣，體育類型的社團活動，不論是棒球社或籃球社，對我來說，連參觀的門檻都跨不進去。

在學校這種環境裡，我們很容易就會被排名。排的既不是成績也不是身材高矮，性格好的人也並不一定排前面。計分標準雖然不明，但在同一間教室裡一起生活的過程中，自然便決定了每個人排名的高低。而且，雖然沒有公開發表，可是人人心裡有數。排名在前的人，就算打掃時偷溜，也沒有人抱怨；忘了帶文具，一定馬上有人借他；做錯什麼事會成為全班津津樂道的笑點；稍微親切一點，別人便一謝再謝。但排名低的人，打掃偷溜簡直做夢，麻煩事全都塞給他，有如應盡義務。不管犯了什麼小錯，教室裡便會傳出嘆息聲。

我從小學低年級開始總是排名在最後面。身材平白長得比人壯，可是聲音卻像蚊子叫還兼口吃。光是這樣就已散發出「快來欺負我」的味道，再加上我的名字叫設樂龜吉。雖然是爺爺幫我取的名字，但是想用龜吉二字在當今世上行走，真是難上加難。我沒有勇氣告訴大家：「我叫龜吉，很厲害吧。雖然名字有點奇怪，但還請多指教。」因此只好任人擺布。再加上我容易灰心沮喪又畏首畏尾，更惹人討厭。小學六年間，人人叫我龜菌，大家還做了個沒有根據的決定，說一旦碰到我，動作就會變得遲緩，所以人人都躲著我。分班時，級任老師對我說：「你要爽朗活潑一點才行。」但從小學起步就搞砸的我，根本沒法利用機會改變自己。

「為、為什麼？田徑社？」

桝井突然叫我，讓我驚惶失措。我雖然和桝井讀同一所小學，可是幾乎沒有說過話。桝井從以前對運動就很在行，而且個性開朗，跟誰都侃侃而談。在學校排名竄升的必要條件他都具備了，與我有天壤之別。

「什麼為什麼？因為你都不來田徑社看看啊。」

桝井的眼睛直直盯著我。

「啊？我、我？我為什麼要去田徑社？」

田徑社不是我該去的地方。進到那裡，肯定被大家卯起來龜菌龜菌的叫。我幾乎都可以看見那種情景了。

「難道，你有其他想去的社團嗎？」

桝井瞪大眼睛，清澈的眼眸顯得更加突出。不論眼、鼻、口都很清秀的一張臉，怎麼看都不會令人生厭。雖然個子比我矮，但脊梁挺得筆直，看起來特別高。從一開始就能給人好感。在學校裡從來沒吃過苦頭的桝井，怎能了解我的感受呢？

「也沒有特別想去的。」

「既然如此，就跟我一起進田徑社吧。」

「欸……」

「欸什麼啦。就算上了國中也能跑驛傳吧。」

「你是說……驛傳？」
「驛傳就是驛傳嘛。我們像小學時那樣一起跑，讓別校刮目相看吧。」
桝井說得理所當然，但我小學之所以參加驛傳，幾乎算是被打鴨子上架才去的。
小學的驛傳大賽，是由各校選出男女混合五人組成一隊比賽。在我就讀的市野小學，按慣例是六年級參加。但是在我六年級時，比賽的一個月前還少一名組員。原本已決定好包括桝井在內的男生三人和女生兩人參賽，但其中一個男生——大田突然說他不參加了。升上六年級之後，大田就經常抽菸或逃學。讓這種人參加需要毅力的驛傳，也許本來就是件怪事。剛開始他的狀況還不錯，但接近比賽時便放棄了。於是，臨時挑選代替者時，有人就提名我。
受到提名候選的人，全都對跑步興趣缺缺。因為跑驛傳不但辛苦，更害怕成了替補之後，被大田胡亂找碴。所以不論是跑得快的，或是想出風頭的那些人，都不願加入。就在這時，不知是誰出聲說：「叫阿龜去不就行了。」我和大家都一臉狐疑，但對方可能是想總比落在自己頭上好吧。不久後，「對啊，阿龜，都最後了，立個功勞吧」、「若不偶爾發揮一下，也太可悲了」等意見充斥整個教室。找不到拒絕的時機，也沒有拒絕的勇氣，就是我參加驛傳的唯一理由。
「喂喂，才半年前的事，你都忘了啊？那時候，你是該區第一名吧。」
桝井見我陷入沉思，對我說道。

「大概……是……好像是吧……」

「什麼好像是，跑第一名都忘記啦？不過你真厲害，沒練習跑還拿到該區第一。」

桝井看起來是真心佩服的樣子，但這就是被霸凌小孩的恩賜。從接力賽或驛傳，最後到百人一首大賽*，都會叫我參加。對我來說，世上沒有比組隊比賽更可怕的事。因為害怕自己帶賽讓全隊輸掉，而被狠狠修理，所以不論怎麼樣，我都必須快跑不可。當決定由我參加驛傳之後，我每天早上必定跑三公里。不只是學校帶隊試跑，實際的比賽路線，我自己還偷練了好幾次，肯定跑得比桝井還勤。我之所以參加驛傳，之所以拿到區段獎，全是因為不想被修理的關係。只有這個原因。

「反正，你還沒有向其他社團提出入社申請吧？」桝井說。

「嗯，話是沒錯……」

「後天就截止了哦。」

「是、是哦。」

「那，設樂，你就今天開始加入田徑社，可以吧？好了，走吧。」

桝井拉住我的手。

「不行，這有點……」

「有點什麼啦？」

「是有點什麼……」

「別擔心。我們已經不是小學生了。」

桝井輕輕放開我的手，咧嘴一笑。

「啊？」

「國中跟小學不一樣。人數增加了，也有很多不認識的同學。」

「嗯。」

「所以，不會再發生小學時那種事。」

被識破了。桝井知道我對周圍心驚膽顫的事。我感覺自己的臉瞬間脹得通紅。

「一樣的啦。」我自暴自棄的說。

雖說是國中，但只是兩所小學的學生集合在一起。一學年只有兩班，而且人數雖然增加了，但還是認識。

「設樂，你擔心過度了。」

「才沒有過度呢。」

「交給我吧，你若是加入田徑社，我不會讓你被別人欺負。」

「這、這什麼意思？」

「你如果來田徑社，我會想辦法幫你的。」

＊譯注：日本傳統的猜和歌比賽，朗讀者先念出和歌前半，參加者再從印有百人一首和歌的紙牌中，找出該首和歌後半，最快者贏。

聽到這種交換條件就屈服未免太沒出息。讓桝井幫忙解決那種事情也太遜了。但是，那的確是很吸引人的提議。只要不用再受人欺凌，我什麼社團都願意加入。一顆心立刻被吸引。

「田徑社肯定很好玩啦，因為你跑得那麼快嘛。有個能發揮自己所長的地方，不是很重要嗎？」

「嗯，也是。」

我沒考慮過發揮自己的什麼所長，但是，只要能在學校裡過幾天太平日子，我就想抱住不放。

「好，那就決定嘍！快點去換衣服，今天就開始加入。」

「但、但是，你真的做得到嗎？」

「沒問題。我有祕密武器。」

六年來，天天過著束手無策的日子，真的有可能那麼簡單地改變？但是桝井自信十足的笑容，沒有一絲猶豫或不安。我照著他的意思，向田徑社提出了入社申請。

進入田徑社後，國中生活相當愜意。當然，我既沒有可能成為風雲人物，也沒有突出表現。但是每天都能過著沒有人找碴的平靜生活。一方面是因為我和桝井同班又同社團，經常同進同出，但我沒有被大家戲弄的決定性因素，是桝井到處散布這樣的謠言：

「市野小學中，設樂是大田唯一沒有動過手的傢伙。」

我知道謠言後去找桝井對質，但他咧著嘴說：「我又沒說假話。」

「是，是假的啦。」

田徑社的熱身是跑三圈操場、做體操，和基礎練習。學長只有八個人，顧問滿田老師直到熱身做到一半才會到場，所以很輕鬆。我和桝井並肩跑，一邊向他抱怨。

「你的意思是說，你被大田欺負過嗎？」

「這、這倒是沒有……」

「市野小學的男生沒被大田修理過的，只有你哦。像我，小學二年級的時候就被他從攀爬架上推下來過。」

「那是因為才小二吧。」

「到了六年級之後，他也好幾次對我大吼說：『你想賣吵架嗎*？』而且，當我老實回答：『我不賣吵架，我賣養樂多。』他就打我。」

桝井的媽媽在賣養樂多，她和桝井很像，不論在哪裡遇到都會跟我們打招呼，是個很和藹的母親。

「只有設樂你沒被他釘過，這不是很酷嗎？」

*譯注：挑釁的意思。

「可是，大田之所以對我沒做過什麼，是因為……」

大田向來只要看不順眼就會胡亂找人麻煩。他沒動過手的男生，只有我一人。但那不是件值得高興的事，而是屈辱。大田之所以沒對我出手，顯然是因為對弱者出手太沒格調。大田對女生和我都沒動過手。

「我說，別看他那樣，那傢伙能讓大田抬不起頭來，一定有什麼厲害的絕招吧。神崎國小升上來的那些人聽了都嚇得直發抖耶。之後誰也不敢再小看你了。」桝井甚是愉快的說。

市野國中的學生來自市野國小和神崎國小兩校的畢業生。由於學區廣闊，兩所小學距離又遠，所以很難得的，彼此並不清楚對方學校裡的事。但是，大田從開學典禮就引人注目：染成金色的頭髮，飄著菸味的制服，在走廊上四處打量，嘴裡罵罵咧咧，眼神殺氣騰騰——能讓這個大田抬不起頭來的傢伙？雖然怎麼看，這個人都是陰鬱又口吃，名字還叫做龜吉。但這句宣傳標語真的很有效。

「這種話若是被大田聽到，也許會把我殺了。」

「哪有那麼嚴重。」

「喂，跑步時不要講話！跑步時能對話的，只有自己的身體！」

聽見剛到運動場的滿田老師大聲斥喝，桝井肩膀瑟縮了一下。

2

「設樂，你跑一區吧。」

升上三年級還不到一個月時，桝井這樣宣告。

「嗄，什麼？你是說驛傳嗎？」

「對。今年要提早準備。」

桝井朝我使了個眼色。的確，顧問上原老師靠不住。

「田徑社裡參加的人，只有我、你和俊介三人吧？」

「會變成這樣嗎？」

「剩下三個，得從其他地方找人了。設樂，如果你有好人選，要告訴我哦。」

其實他不需要問我的意見，但桝井還是周到的一一確認。這是他的優點。不管對方是學長、女生還是壞學生，他都能來者不拒，沒有隔閡的談話。這就是桝井討人喜歡的原因。不過，即使面對學弟或是像我這種人，桝井的態度也從不改變。

「好，集合。」

聽到桝井的聲音，所有人結束熱身集中到跑道上。說是所有人，其實今年入社的一年級生只有三人，二年級兩人，三年級包括我們在內共四人。田徑社社員只有九人。學生人數年年遞減，但社團數還是一樣多，所以不太招得到社員。

「各位好。呃、那個、今天哦……」

當上顧問都過了一個月，大家集合時上原老師還是手忙腳亂。她的運動服、運動鞋都還很新，似乎不太合穿，可能是進了田徑社才買齊的。

「今天是這樣的，短距離是一百和兩百的計時賽，長距離是配速跑，分別以五十五、五十三、五十、四十八、四十五秒，各跑五圈。」

老師看著筆記簿發表計畫表，但說的話一點說服力也沒有，因為她只是把去年的計畫表照樣複述一次，自己並不了解內容含意。

「四月五月都是配速跑，先把能跑的距離拉長。」

桝井接著說。為練習的內容賦予意義。

「是呀。」

「那麼，最後再加入短距離全速衝刺（wind sprint），之後再就調整上做補強，這樣可以吧？」

「嗯，好。」

上原老師根本聽不懂，所以當然什麼都會說好。但是，桝井並沒有忽視老師逕自進行練習。

「請老師幫我們計時和算圈數。」

桝井把馬表交給上原老師，然後向跑長距離的伙伴吆喝：「跑嘍！」前些時候，老師連馬表的分段計時功能都不知道，現在她總算可以計時了。

配速跑就是按規定時間跑完操場一圈兩百公尺。四十八秒對桝井和我來說，就像在慢跑，所以我們可以一邊說話一邊跑。如果滿田老師在的話，一定會被他斥責，但桝井說，配速跑剛開始時最好要保持可說話的餘裕，同時也顧慮到還沒磨出韌性的一年級生，讓他們有興致跑完全程。

「但是，叫我到一區，這……」我跑在桝井旁邊，靜靜地抗議。

「有什麼問題嗎？」

「何止是問題。」

不論哪個學校，都是把速度快的選手安排在一區和最後一棒。而且，一區是所有選手一起在田徑場內起跑，不但互相爭先，也受注目。不只速度要快，也要有氣勢。所以，會讓好勝心強的選手來跑一區。

「不會吧，難道你想拒絕啊？」

「我怎會拒絕？只是懷疑自己真的適合跑一區嗎……」

「適合啊。設樂，一區只有你最適合。不說這個，你覺得除了田徑社以外，還有誰能跑得快？」

桝井改變了話題。

「唔——我、我想想。」

「體育課不是跑了一千五百嗎？我看還是渡部吧。」

「跑在桝井之後就是渡部。不過，渡部好像在管樂社哩。他願意跑嗎？」

「那傢伙本來就是個怪人。啊，對了，設樂，你的時間有點落後哦。」

「哦，嗯嗯。的確。」

那時候，我沒在五分鐘內跑完一千五百公尺。

「身體不舒服嗎？」

「沒啊。並沒有。」

「是哦，要努力扳回來哦。還有，若論能力，不能少掉大田。如果大田進來的話，就有辦法進前三名。」

「大田？你是說那個大田？」

我不禁懷疑自己的耳朵。大田上了三年級之後，不但沒有因為升學在即而變乖巧，反而屢屢逃學惹事，連體育課都不上。

「對，大田。那傢伙，有實力哦。」

「我知道他有實力，可是他自己沒意願跑，而且如果大田進了驛傳隊，別人就不願進來了。」

「呃，這一圈五十三秒，接下來開始以五十秒的速度。」

經過起跑點時，上原老師對我們叫道。
「剛才按馬表的時機慢了一點，其實應該是五十二秒吧。」
桝井嘀咕了一句後，又說：
「今年田徑社狀況奇慘，如果大田不來跑的話，我們不可能進全縣大賽。反正大田很少會來練習，所以對其他的社員不會造成影響吧。而且，那小子很閒。從棒球社轉到籃球社，又跑去排球社……現在不知在哪一社了。管它的，反正他在哪裡都不會去練習，時間和體力都很多。」
「可是……」
跟大田一起合作，而且還要一起練跑，想也知道會是個大麻煩。
光是想像那一幕，我便心情沉重。
這時桝井說了：「我問你，你不想贏嗎？」
不知道欸。去年驛傳大賽時，我們以第五名進全縣大賽時，如釋重負。自己絕對不能跑輸。滿田老師和大家都拚了全力在跑，我不能給他們添麻煩。所以，我用盡吃奶之力跑完，壓根沒去思考想不想贏這回事。
我仰頭看天，現在正是五月中，天空的顏色寧靜地轉淡，一年當中夕陽最美的時期。市野國中削去山頭而建，圍繞在四周的樹林染了一層淡淡的霞光。柔和的空氣圍繞身體周邊，在這種時光中，彷彿再多圈也跑得完。

3

五月的期中考結束之後，每到星期六，我們市野國中田徑社就會移師到校外去跑，以便參加借了田徑場計時的聯合記錄會，和他校加入的練習會。這一帶都是群山環繞的鄉間，不論哪個學校，學生人數都很少，因此每個社團大多會與其他幾所國中聯合練習。

一旦其他學校的老師到齊，上原老師的不可靠便更加明顯。其他學校的顧問老師，很多人以前也當過田徑選手，大家都擁有跟滿田老師差不多的威嚴。而上原老師站在其中，還是露出平時手足無措、可憐兮兮的表情。

「看起來好可憐。」

今年度的第二次聯合記錄會，我從起跑點遠望上原老師。上原老師好像要負責計算圈數，站在附近的老師跟她確認了好幾次順序。

「什麼？」

桝井轉頭看我。

「沒啦。上原老師……被迫來做顧問，好像什麼事都很生疏。」

「工作嘛，這很自然啊。」

「話、話是沒錯。」

「任何人都不可能只做自己想做的事。像我們不也是一樣，手邊全是些不想做但非做不可的事。」

桝井說得很有道理。但是，我每次去參加聯合練習會或記錄會，都能體會上原老師一再無意識看手表的心情。痛苦的時間特別漫長。不知道自己該站在哪裡，該做什麼事，一再驚慌失措、搞不清狀況。小學的時候，我幾乎每天都覺得度日如年。

「別管那些了，專心跑吧。今天好好給我跑出漂亮的成績來！」

桝井似要抹去剛才嚴肅論調，開起玩笑來。雖然桝井總會用笑臉和玩笑帶過，但最近他不時會出現沉重的表情或話語。驛傳大賽越來越近，難免會感受到焦慮和不安吧。

「嗯，我知道。」

我用力點點頭，跳躍兩步來提振精神。課堂上的長跑總是沒有拿到好成績，我得認真的衝一下秒數。

三千公尺賽跑的起跑槍響，近二十名選手一齊衝出。在五月的階段，還有很多選手不習慣跑步，立刻拉開了距離。此處跑在領先群的選手，五個月後的驛傳中大都會跑一區和六區吧。我跟在桝井的後面跑，他從一開始就跑得飛快，以現在這時間點的練習量，三千公尺能在十分鐘內跑完，就算是極佳，但他卻用九分半前的速度跑。如果用這個速度，我會跑不完，於是放棄跟在桝井後面，專心讓自己留在領先群中。領先群有五人，幾乎都是去年的驛傳選手，也有和我一樣跑三區的人。若是跟這名選手比，我大概可以跑出同樣的成績。

通過四百公尺地點附近，聽到老師們的聲音。不論哪個學校的老師，都大聲的給予「速度加太快了，放慢一點」、「放掉力氣，手臂要揮動」等明確建議。但是，上原老師的喊聲還是和平常一樣，只有「加油！」、「再加把勁！」而已，根本不知道我們的配速太快還是太慢。

我以為自己一直以固定的速度在跑，但過了半分鐘之後，開始落後了。我自己也知道動作不夠俐落，而且一發現時，已經脫離領先群了。這樣下去不行。我放下手腕，卸掉肩膀的力氣。從這裡開始當作一千五百公尺競賽來跑好了。雖然企圖如此切換，但立刻被第二領先群吞沒，與領先群的距離越拉越遠。就在我步調亂掉，掙扎在第二領先群與第三群之間時，三千公尺的終點到了。

桝井以九分二十二秒名列第二，我花了十分十八秒。

「在這個場地，如果沒跑進十分十秒就有點危險。」

桝井就我的時間說道。田徑場的地面與學校不同，一圈四百公尺，容易跑出記錄。

「哦哦，是、是嗎？」

我並沒有刻意放水，但沒跑出好成績，自己的不中用令我大為沮喪。

「呃，那個……辛苦了。」

上原老師跑到我們身邊來。但對賽況並沒有什麼感想。

「好、好像不太好。」

我坦白直說，上原老師微微笑了，對我說：

「沒關係啦。記錄會下下週還有，到時候再加油看看。」

我覺得很不好意思，她明明不想去記錄會，下次也得為了我參加。

剛開始，上原老師對週六、日社團有活動，以及晨練都有些不適應。

「週六、日不活動的只有文化性社團。還有，老師，也許您沒注意到，我們清晨也要跑。」

聽桝井這麼一說，老師努力掩飾厭煩不讓我們發現，另一方面也在週六和週日帶我們進行練習。雖然她也沒做什麼，但晨練時，她都會看著我們發呆。

「下次我會跑快一點。」

「嗯，加油。」

上原老師說完，又跑到負責位置，為下一場比賽記錄圈數。

為什麼跑不出成績呢？連我自己也不懂。身體狀況既沒有失常，腳也沒有受傷。上原老師擔任顧問後，有些社員會混水摸魚，但我一點都沒懈怠。然而，為什麼會跑不好呢？找不出端倪，卻沒有應有的成果。

跑道上二年級的比賽已經展開。桝井正在鼓舞俊介。平時俊介總是一開始就一馬當先，桝井大叫著「還不用急」。俊介不太懂得自己調整配速，但是很擅長調節步伐。桝井一說「再跟緊一點」，他馬上跟前面拉近距離。桝井叫他「別心急」，他便沉著下來跨出步伐。他那毫不遲疑，一心遵照桝井的指示靈活奔跑的身影，讓人羨慕。

4

六月過了一半，梅雨季開始的第三天，抓緊難得的放晴機會，進行了第一次驛傳練習。

因為有不同社團的學生參加，所以往年驛傳練習，都在社團時間之後舉行。不參加驛傳的學生自行放學，大約在太陽西斜、快六點時開始。

今年度的第一次練習，來集合的只有五個人。桝井去叫了好幾次，但都沒有見到大田和渡部的影子。只有我和桝井、二年級的俊介和一年級的崎山與岸部。在田徑社跑長距離的社員，就直接參加驛傳的練習。

去年開始的時候，參加的團員就有十六人。而且，也有好幾個老師在照看著練習。然而今天操場上只有兩個人。一個當然是上原老師，另一個是今年調來本校的體育老師下山先生。

「呃，那個，社團時間已做過間歇跑了，那現在三千公尺計時好嗎？」

上原老師發表計畫表。漸漸習慣田徑這個領域的她，似乎抓到了訣竅，只要把間歇跑、配速跑和計時跑、野外跑等加以組合的話，就能勉強像個樣子。然而，這天是驛傳練習的第一天，而且最近連日下雨不能跑，想要在三千公尺突破記錄有難度。不過桝井沒有反對，輕描淡寫的說：

「那麼，二十分鐘後開始計時，現在我們可以先各自做熱身嗎？」

他似乎是想讓大家至少在良好的氣氛中開始練習。

「嗯，好啊。這樣的話，六點十分起跑。」

上原老師宣布後，我們開始慢跑。

下山老師並沒有因為是體育老師而多加干涉，他坐在操場正中央說：「我是棒球社的，對田徑不太清楚。」並且悠閒的拔起草來。拜連續下雨之賜，土地濕軟，雜草也看來很好拔。

我邊慢跑邊問：「大田聽到驛傳的事，怎麼回答？」

桝井笑嘻嘻的說：「這個嘛，他一看到我就不由分說的罵『少廢話』、『去死啦』、『給我消失』之類的話，都還沒提到驛傳咧。」

「好可怕。」

我在腦中立刻可以想像出大田說這些話的模樣。

「這是那傢伙的口頭禪，沒多久一定能說服他啦。大田他很清楚自己的能力，而且應該也喜歡跟別人一起努力。只要找到適當機會請他加入就行了。」

「真這麼容易嗎？」

大田會喜歡和別人一起努力？這種話我還是第一次聽到。雖然他身邊的確有不少嚮往當流氓的二年級，和喜歡灌迷湯的小嘍囉，但大田自己一丁點協調性都沒有。

「那渡部呢？」

「他說，他覺得為伙伴或學校而跑沒有意義，什麼『我只做自己心裡決定的事』，反正說了些很有深度的話。」

跟大田和渡部交涉好像都有困難，我默默嘆了一口氣。

「反正，再過一陣子一定有辦法讓他們加入。」

桝井給了我一個笑臉，然後對大家呼叫：「全速衝刺嘍。」難以匹敵。每次看到桝井的笑容，這種想法就油然而生。小學的時候只覺得他是不同等級的人物，但桝井待在一個排名永遠不會變動的位置。他總是向周圍的人投以笑容，彷彿從來沒有煩惱，所以我不禁覺得他應是存在於有別於我們的地方。

跑了三次一百公尺全速衝刺後，身體漸有醒過來的感覺。最近天天下雨，只能在室內慢跑和肌力訓練。快生鏽的身體好像在說，真想去寬闊的大操場跑一跑。社團時間跑過的疲倦沒有殘留在腿上。今天看來有希望，一定能跑出成績來，我對自己這麼說著，然後衝出三千公尺的起跑點。

到第五圈為止，都和桝井一樣兩百公尺跑三十五秒，到第十圈為止保持在三十八秒。如果能以這個速度跑完全程就沒問題。此外，如果五圈都維持這速度，三千公尺一定能在十分鐘內跑完。可是，從那裡開始一路落後，一圈的時間變成四十秒，又落到四十二秒，最後一圈時完全使不上力。

「設樂，最後一圈時，把它當成兩百公尺競賽來跑吧。」

先過終點的桝井對我大喊，但我呼吸困難，無法隨心所欲的擺動雙腳。我到達終點時，遵照桝井指示提高速度的俊介，從我身邊追上。最後成績是十分十五秒。和俊介只有五秒差距。

最後衝刺完全沒有速度。最要緊的一段，力量卻爆發不出來。身體感覺疲累之後，便使不出勁而變慢了。就是這點和去年的狀態不同。

「連上原都有點擔心哩。」桝井做著緩和運動邊說。

自從顧問換成上原老師之後，我的成績就每況愈下。老師應該多少會覺得是自己害的吧。但是，我並沒有看不起上原老師，一切都照舊。然而，不知為什麼，記錄就是升不上來。

「很高興第一天能順利完成練習。而且雖然是梅雨天，還能來室外跑。啊，對了，下山老師有沒有什麼話要告訴大家？」

集合之後，上原老師對大家說完最後訓勉，望向還蹲在團員外圍拔草的下山老師。

「嗄？我嗎？」

「請對大家勉勵幾句。」

被上原老師一再催請，下山老師嗯哼了一聲站起來，走向我們。

「各位辛苦了。大家都非常努力。不過，天也黑了，而且好像快下雨了。大家注意安全，快回家去吧。」下山老師拍拍黏在屁股上的沙說。

「嗄，就這幾句啊？身為體育老師，對我們的成績沒什麼看法嗎？」

俊介一句話打中要害。

「我不是說了你們很棒嗎？」下山老師又回去拔草。

「真的快下雨了呢。」

桝井看看天際，我們頭頂上方的天空不只是夜色轉深，而是一大片陰沉。

「梅雨就是這樣。天氣預報也說，下星期會一直下雨。也許過幾天再開始練習比較好。」

俊介也抬頭看天。

如果只有田徑社員集合的話，那就等於是社團活動，而且急著開始驛傳練習也沒有意義。第一天就被要求跑三千公尺，累得筋疲力竭的一年級也紛紛說「梅雨天也沒辦法」、「下雨的話，很難練習呢」。連桝井都說：「運動場沒辦法跑的話，還是等梅雨季結束後再練吧。」彷彿就此決定順延下次的驛傳練習。但是上原老師若無其事的開口道：

「可是我們是在其他社團時間結束後才練習，所以就算下雨也可以在體育館吧？還可以利用樓梯來練短跑。」

「也對。勤勉的練下去，不久後團員也許會增加。」

桝井對上原老師的話肯定的點點頭，提高音量說：

「好，快點把場地耙平，在雨還沒下之前回家吧。」

下山老師在我們耙跑道的時候，不忘說著「辛苦啦」，並繼續拔草。

5

梅雨季結束，陽光變得熾烈時，學校生活也加快了腳步。也許是一進暑假立刻有三年級最後一次的社團比賽，而讓大家異常興奮。

其中，做驛傳練習的依舊只有田徑社的五個人。天氣變熱之後，在社團時間跑過之

後再練習會十分辛苦。而且，一直募不齊團員，也增加大家的不安，所以練習的氣氛很沉重。一年級的崎山要補習什麼的，經常提前走。岸部雖然全勤參與，但明顯十分疲憊。

「在太陽西斜的時候跑步很酷啊，跑向落日乃是青春的經典畫面啊。」

桝井每次都冒出類似安慰的玩笑話，但只有俊介會與他唱和。

「反正，我們開始吧。對了，今天嘛，我想我們做間歇跑吧。」

上原老師正把計畫表寫進筆記本時，站在旁邊的俊介搖著桝井的肩膀說：

「出現了！出現了！」

「怎麼回事？」

大家順著俊介手指的方向，看看發生什麼事時，只見大田穿著邋遢的運動服站在遠處。大田全身散發出麻煩的氛圍，往這邊走來。可能是因為從沒正經上過體育課吧，他的白上衣和藍短褲色澤都還很鮮豔，紅色的運動鞋在操場上格外搶眼。

「不是出現，是來了啦。」

桝井戳戳俊介的肩膀。

大田一步一步拖著腳前進，往我們集合的地方走來。可能大家的目光令他有點難堪，他的視線一直看著別處。

「喲，等你很久了。」

桝井跑到大田身邊，把他推到我們圈子中。

「你終於肯來了。你知道大家等了多久嗎？」桝井的聲音中透著興奮。

「哦，是嗎？幹嘛啦。」

大田粗魯的揮掉桝井的手，煩躁的抓抓頭，染成金色的頭髮在夕陽下閃閃發亮。

「總之，謝謝你願意過來。」

聽到桝井的道謝，大田抓頭抓得更用力了。

「請多指教，大田學長。」

愛與人打交道的俊介，有點膽怯的傻笑起來。俊介沒有架子，很容易鑽進別人心裡。一年級兩人順勢一起向大田點頭。

「好說好說。」

大田只向學弟們點了一下下巴，然後看向我。

「設樂也在這兒啊。」

「哦。啊，嗯嗯。」

大田銳利的目光，看得我心驚肉跳，只能發出沙啞的聲音。

「也好，多指教啊。」大田咕唧咕唧的嚼著口香糖邊說。

我很想接著說「彼此彼此」，可是喉嚨太乾澀，什麼話都說不出來。

「團員增加比什麼都值得高興。不過，口香糖！」

上原老師指著大田的嘴。

「嗄？」大田皺起幾乎剃光的眉，歪起了嘴。那是他每每一被老師糾正就露出的表情。

「你嘴裡有口香糖吧？吐掉。」

上原老師毫不遲疑的把自己的手伸到大田嘴邊。

「拜託，老師。大田嚼口香糖在現在來說根本不是問題啊。他嚼的是口香糖耶，既不是香菸也不是強力膠，更不是一個月前的養樂多。」

桝井快活的說，然後對大家宣告：

「來，我們開跑吧。先做熱身。」

「如果太悠哉的話就會被上原老師盯哦。」大田被桝井推著背，兀自皺著眉頭，跟著做熱身的動作，開始活動腳部。

做體操的時候，大田說：「好累哦。」聽到訓練計畫表，他就抱怨：「啥？辦不到啦。」但是他可以一面大叫「這麼累的事我沒辦法」，一面跑完十回四百公尺的間歇跑。上原老師告訴他：「大田今天是第一天，跑六回就行了，時間也在七十八即可。」結果大田回嗆：「喂，你看不起我哦？為什麼我非得比這些小鬼降那麼多等級？」他反而衝勁倍增，完成了和我們同樣的計畫表。他明明已經疏遠運動好久，但手臂和雙腿的肌肉都很結實，靠著他那宛如彈丸般堅硬的身軀，衝鋒似地跑完了十回。

只不過勇猛過人的大田到了緩和運動時，已經累癱了。

「老子不用什麼緩和啦。」

大家慢跑或伸展時，他一個人在操場正中央躺平了。

另外，大田來三天就休息兩天，有時候快結束了才到。雖然任性胡來，但每週兩次的驛傳練習他都會露面。

暑假過了兩星期，繼大田之後，渡部也加入驛傳練習了。

「因為被你們煩得受不了嘛。也好，賣個恩情給別人也不壞。」

渡部這麼一說，桝井和俊介笑道：「多謝大恩。」

大田則皺起臉說：「反正你也閒著沒事幹吧。」

暑假時，社團活動改到上午進行，所以會在那之前，早晨較涼快的時刻練習驛傳。不知大田是不是擔心在他沒來的時候增加成員，所以暑假中就算一大早的練習，他也從不遲到。

「我才不閒呢。其他社團在夏季大賽結束後，三年級就退出了。我們管樂社在十一月音樂節之前都還有社團活動。不過，偶爾挑戰一下自己心中缺少的東西也沒什麼不好，是吧？」

渡部的大道理果然引來大田連罵了好幾聲「放屁」。

「只要有人需要，不論是什麼樣的地方都願意去，這就是你的態度吧？因為你不想被人歸類。驛傳正好可以當作管樂練習的熱身哦。來，一起跑吧。」

桝井說了正中渡部下懷的話之後，叫大家集合。

暑假練習幾乎都是野外訓練，所以，大家沒到操場，而是在校門口集合。從學校出發後，爬上附近的山路，路線就是把整座山繞過一圈之後再回來。實際上，驛傳比賽時也都不在運動場裡跑，而且我們也想踩著柏油路習慣上坡下坡。最重要的是我們必須在這麼熱的天氣中，多跑一點距離，以增加耐力。

「呃，那個，計畫表就按慣例，野外訓練和坡道短跑。好啦，那我先過去嘍，反正你們一定會趕上我。」

上原老師向我們宣告之後，就踩著腳踏車從校門出去了。第一天和第二天都跟我們一起出發的上原老師，雖然騎著腳踏車，但過了一半便消失在我們後面。直到緩和運動終了，她才顛顛晃晃的回來。

上原老師出發後，我們也做完體操出校門。再過兩三個小時，陽光就會變得酷烈，熱辣辣的曬到我們頭上。但是剛過七點的太陽很澄淨，會為我們製造出美麗的陰涼。

下了校門前的坡道，來到公路上。附近上班的人們常會從車窗探出頭，為我們「加油」。這一帶只有這條公路兩旁比較熱鬧。沿著公路跑一段，來到往山上的細長坡道時，住戶頓時減少很多，幾乎沒有車輛通行。這個地區是由山巒圍繞的幾個集落所形成。多走幾步的話，自然會遇到山，遇到田野。也許因為從小就熟悉這樣的環境，在土地和樹林氣息的圍繞下，心情十分平靜。

桝井和我跑在前頭，俊介、其他一年級跟在後面。大田不是跑到岔路去就是瞪著水溝發呆，按著自己的步調跑，渡部則以「暫且跑跑看」的態度，跟在最後面。

「還是渡部厲害，不但腳長，身上也沒有多餘負擔，看起來好像再遠都能跑。」

桝井不時回頭，觀察大家的狀態。平常渡部因為瘦長又白皙，給人嬌嫩的印象。無精打采的表情和長長的頭髮，都和運動員相去甚遠。但他一旦跑起來，從他的模樣就知道他的手臂和腿部都練就了結實的肌肉。

「你說得對。」

「一年級他們到了明年，大約也都能跑了。大田、俊介加渡部，就暑假前期來說，真是最佳陣容耶。」

桝井的聲音充滿雀躍，連我也跟著高興起來。

「還少一個。」

「設樂，你心裡有沒有人選？」

「嗯——是、是啊。如果要說速度的話，大概只有安岡或三宅吧。」

我舉出體育課中在長跑競賽名列前茅的兩人姓名。

「對了，你覺得二郎怎麼樣？」桝井說。

「二郎？你是說仲田嗎？」
「對。」
「他跑得是不慢，但是好像不適合跑驛傳。」
二郎是籃球社社長，對球技和短跑都很拿手，但是沒有看過他跑長距離的印象。
「單純就長距離的成績來說，安岡和三宅是沒問題，但是，若要跑驛傳的話，二郎會不會才是最適當的人選呢？」
大家稱呼「二郎」的仲田是學生會書記、籃球社社長，什麼事都愛沾邊的人來瘋，連我這種人都可以「二郎、二郎」的叫他，待人很自在。但是，自在樂天、人來瘋跟驛傳能連得起來嗎？
「怎麼說？」
「二郎來的話，氣氛會很愉快。而且，安岡和三宅不喜歡費力的事，更何況他們也不想跟大田有瓜葛吧？可是，二郎的話，只要誠心求他，他就會點頭。」
「會嗎？」
「因為他是二郎啊，二郎不可能拒絕別人的啦。」
桝井去說服大田和渡部來加入時，一定吃了不少苦頭吧。不論怎麼說，被人拒絕都是件沮喪的事。但一次又一次的去拜託，就算是樂觀的他恐怕也吃不消吧。
跑到上坡的一半，看到了上原老師。驛傳練習剛開始的時候，戴著大帽簷的帽子，搭配長袖長褲，一身重裝備的她，不知是不是不在意烈日的曝曬了，或是沒把燠熱的天氣放在心上，而把頭髮束成一綹，穿著短袖短褲使勁的踩著腳踏車。

「老師跟著野外訓練，不是為了我們的交通安全著想嗎？像她那樣，只是單純在騎單車嘛。」

俊介賊兮兮的笑。

「不過就騎單車來說，也未免太吃力了。」

桝井看著站起來踩踏板的老師也跟著笑了。

「等下下坡我就能追上你們。」

上原老師一面說著，仍然忙不迭的踩腳踏車。

雖然不知道中間有多少轉折，但二郎在籃球社大賽結束的兩天後來報到了。

「哦呵～～這就是驛傳練習啊。」

二郎還是那副老樣子，大家看到他，臉上就自然露出喜悅。籃球應該是室內競賽，但這個黑成焦炭、頭髮亂翹的二郎，就像個放暑假的小學生。

「二郎你好。我們馬上就要跑十五公里，你沒問題嗎？」

聽桝井這麼一說，骨子裡就是人來瘋的二郎立刻躍躍欲試：「哦，完全ＯＫ的啦，感覺活力都要衝上來了哩。早晨大家一起在社團活動之前跑一段最棒了。」

他的高昂情緒也令我興奮起來。一方面是因為六人全部到齊了，二郎也加入更是喜上加喜。畢竟大田的模樣令人害怕，跟渡部之間也找不到共通點。而栤井的存在對我而言太過巨大，因此二郎進來，稍許安定了我的心情。

6

進入第二學期，上原老師立刻分配了練習表。距離十月十二日的大賽還不到一個月。練習表上密密麻麻寫著從現在到比賽前一天的計畫。

「老師，你滿有兩把刷子的嘛，照這樣看來，跟滿田老師的水準差不多了哦。」被俊介一讚美，上原老師嘿嘿嘿的乾笑，一面發給我們好幾張資料。

「我這種程度怎麼想得到這麼多嘛。你們看這個，這是好幾所國中的練習計畫表，加上加瀨中的計畫表。還有這張是去年冠軍加瀨南中的計畫表。我是把各所學校融合在一起製作出來的。」

「老師幹嘛說出來嘛！你偷偷收集起來，做成市野國中原創計畫表發表不就行了嗎？」栤井有點扼腕的直接點破。

「有道理耶。不過，每個學校的老師都很大方的把練習表給我啊。他們說，有困難的話儘管拿去用。我才知道原來國中運動沒有什麼敵我之分欸。反正週六、日可以參加的熱身賽和記錄會，我們都參加吧。」

上原老師仍舊還是不像田徑社顧問。但是，她對田徑社的排斥感好像漸漸消除了。

「既然現在第二學期的練習表也分配好了，我可以建議區段名單嗎？老師，你還沒決定誰跑哪一區吧？」

「……是沒錯。」

桝井的意見不但讓上原老師驚訝，連大家都露出詫異的表情。

按實際驛傳比賽路線的熱身賽只剩一次。那也只是為了讓大家先預習路線，全體在同一區段中計時而已。大賽還有一個月，儘管上原老師沒有能力看出大家的特性，決定每個人的區段，但只要在未來幾次熱身中決定就行了。

「已經要發表了嗎？」

俊介兩眼睜大。

「話雖如此，我也只對一區和二區較有把握。所以想早點確定前面這兩個人。」

桝井看著我的臉。他很早之前就說過，一區讓我跑。這表示他已決定了二區給誰了吧？二區的路線要跑好幾個上坡，我實在想不出誰會比較適合這個路線。

「先決定前面兩區有什麼意義呢？乾脆一口氣把全部區段都決定了吧？」渡部面露

不悅。

旁邊的大田不耐煩的說：「我不管你們怎麼決定，快點說就是啦。」

「也對，好，那我發表。」

雖然只是宣布兩個區段，但大家全都屏住氣息，注視著桝井。

「我想一區設樂，二區大田應該不錯。」

「嗄？為什麼我跑二區？」

大田皺起眉頭，雖然不論桝井建議哪個區段，他都會有意見。

「你不想跑二區哦？」桝井冷靜地反問。

大田卻回答：「不是。反正哪一區我都不想跑。」

暫且接受了的意思。

「雖然我不太了解，不過聽起來不錯啊。設樂和大田跑一、二區，你們同一間小學，接力應該會很有默契。」二郎像平常一樣，挑好聽的話說。

除了我和桝井之外的團員，今年都是第一次跑驛傳，大家當然不可能知道誰適合哪個區段。渡部和俊介也是一臉恍然大悟的神情。

即使如此，桝井為什麼要先決定一區和二區的人選呢？就算我退一百步，勉為其難跑一區好了，只要想到等在前面的是大田，就無來由的害怕起來。不論從什麼角度思考，在這個團體中，與大田最不和的就是我。不管是跟誰都能和平相處的二郎，或是活在自己世界中的渡部，都和大田比較好溝通吧。

「設樂，拜託你嘍。」

看著內心交戰的我，桝井淺淺一笑。

九月第一個週末，我們坐公車到固定的田徑場參加聯合記錄會。這是各校驛傳選手特別針對驛傳而參加的長距離記錄會，和以往只有田徑社參加的記錄會不同。

這次參加的學校很多，十幾所學校聚集在田徑場。平時在人煙稀少的環境中生活，光是看到這麼多人，我就快窒息了。

「真好奇最後會有多盛大。」上原老師笑咪咪的說。

一年級報名一千五百公尺賽跑，驛傳團員全體參加三千公尺賽跑。近八十名選手大略按成績快慢分成四組。桝井在一組，我和俊介在二組，大田在三組，二郎和渡部在四組。

一開始是第一組接力。

一組的選手包含桝井在內，看起來耀眼奪目。他們都是能在九分半前跑完三千的選手。由於夏季期間勤於練跑，每個人露出制服外的手腳都沒有一絲贅肉。進到這一組的選手應該都會在正式驛傳比賽時跑一區或六區吧。

近二十名選手一齊衝出起跑線。去年的驛傳中，以二年級之姿跑一區獲得區段獎的加瀨南中選手跑在最前面，但其他選手並沒有被他影響，冷靜地固守速度。

「看來是後半段才能分出勝負。」

俊介目光追逐著桝井說。

在過一千公尺之前，桝井和其他選手似乎都保留了實力。到了後半段，就會一鼓作氣遽然提高跑速吧。然而，快接近後半段之前，桝井的跑速開始下滑。好幾名選手往前衝出，但桝井跟不上，反而退到第二群的後面。從這裡被甩掉的話，最後就算加速衝刺也無法拉近距離了。

「桝井，快跟上。手臂用力啊！」

「還剩下四百公尺了！衝啊！」

我和俊介一起大喊，但是跑速直到最後也沒上去，桝井以第十二名到達終點。他第一次沒進入三名內。

第三組比賽被大田搞得亂七八糟。大田以衝百米的速度飛奔出去，但跑完四百公尺時急遽失速。因為剛開始跑太快了。之後只有每況愈下。可是大田過了一千公尺處，又開始加速。能跑時就快跑，累了就減速。這種無厘頭的跑法，也把周圍的人搞得團團轉。剛開始跟在大田後面的選手到後半段力氣用盡，而步調穩健的選手們對突然加快速度的大田，也無法測知他衝刺的時機。

雖然他的跑法全無邏輯可言，但加速時的速度和邊跑邊恢復的持久力令人驚詫。到了最後兩百公尺，大田更是火力全開。一看到終點線時不顧一切往前衝，彷彿要撲向跑在前面的六個人般，一舉超越，以第一名到達終點。記錄是十分二十八秒。如果他的跑法有更好的技巧，應該能確實提升成績。

第四組多是初次參加驛傳的選手。不論哪所學校的隊伍，幾乎都沒有田徑社員。不知是不是因為這個緣故，比賽從一開始就陷入混戰。二郎可能還沒習慣長距離比賽，前半段克制過度，後半段雖然追上來，但只停留在正好十一分鐘的記錄。渡部從起跑到終點都用相同的速度在跑，以十分三十二秒得到第二名。二郎過了終點附近筋疲力竭，倒在地上。但渡部卻還是平常那副臉不紅氣不喘的模樣。二郎和渡部不懂的部分還很多。

我自己在第二組跑第六名，依舊沒有突破十分。十分八秒。與俊介只有八秒差距。

「只有一個人進九分多很危險哪。」上原老師如此說。

實力強的學校已在培養選手，而且其他學校今年選手如雲。照這樣下去，在區段大賽中很難進前六名。另一個必須跑出九分多成績的人，肯定是我。

「對不起。」

雖然不知道該不該道歉，但我對老師這麼說。

「什麼？」

「總覺得我得跑出好記錄才行。」

「沒關係啦，接下來練習時以驛傳來模擬，一定會進步的。」

「我、我真的可以跑一區嗎？」

聽上原老師的話想像驛傳時，我不知不覺讓不安脫口而出。

「為什麼這麼問？」

「我怎麼想都覺得自己不是跑一區的料。」

「真的？我也覺得桝井的區段分配很正確。一區是設樂、二區大田。除此之外不作他想。」

「老師，為什麼？你明明不懂驛傳啊。」

上原老師說得太斬釘截鐵，所以我頂了一句很失禮的話。

「我的確不了解跑步的事，但是，怎麼說好呢，這種簡單的事我懂。」

上原老師輕輕聳個肩後回答。

「簡單的事？」

「對啊，設樂，因為你是升到三年級時，才跑不出新記錄來的對吧？原因嘛——」

「是、是什麼？」

我打斷老師的話。這個原因就是我一直想知道的謎底。我總想不出原因而煩惱不已。

「原因就是，設樂，你升上三年級，學長和滿田老師都不在之後，所有的壓力都消失了的關係啊。我又是個門外漢，所以，你才無法使力吧。」

「不會吧？」

我對這個出乎意料的答案皺起眉頭。

「只有這個原因啊。我對你們沒有一絲威嚇力，而田徑社感覺自由多了。」

「才不是這樣，我現在的訓練和去年並沒有不同。」

我鄭重其事的說。顧問換人後，仍然和滿田老師在時一樣，始終如一的人就是我。

「這我明白。你一直非常努力。但是，你不怕我對吧？你也不認為不論發生什麼事，自己非得想辦法做到不可，對吧？這就是和去年不同的地方啊。因為你是個想要反抗壓力時，力量才會爆發出來的人啊。」

「怎麼可能！」

被老師點出了自己從未想過的事，我的心亂糟糟的。

「我明白你一直很真誠的對待我，我也很感謝你把我和滿田老師一樣當成顧問。但是，我沒有逼迫你。不只是設樂，我不想逼迫這世界上的任何人。」

上原老師雖然說得像玩笑話，但我無法接受。

說得難聽點，他們是為了給我壓力才讓我跑一區，為了逼迫我才讓大田跑一區。

我真的要被人罵了才能跑嗎？換句話說，如果不發揮受氣包氣質就會完蛋的意思嗎？想到這裡，我心裡沸騰起來。想到桝井這樣評斷我，就難以忍受。而且，上原老師也這麼看我。

「總之，現在開始才進入重點。還有一個月，我們好好調整吧。」

上原老師看著我的眼睛，我有滿肚子想說的話，可是卻一句話也說不出來。

7

到驛傳大賽只剩最後一個星期天，我們進行最後一次熱身賽。不只是上原老師，好幾位老師也來幫忙。我們要按當天的區段來跑。

最近雖然天天放晴，但天空仍然飄著一大片沉重的雲塊，潮濕的空氣好像令身體也有千斤重。不過，還是得硬著頭皮跑。一區的我是第一個起跑，所以必須提振士氣。

一區的路線是先在田徑場繞一圈，跑出場外，沿著河邊的平緩下坡跑一段後，接著就是平坦的馬路。雖然有兩次轉彎但很單調。

「我準備好了。」我說，負責一區的下山老師一聲「預備，起！」同時按下馬表。

沒有競爭對手，安靜的起跑。

自從那天上原老師戳破我不能跑快的原因之後，每次跑，腦海中就會盤桓著各種畫面。小學時害怕被人霸凌，拚全力跑的驛傳；為了得到保護而加入的田徑社；不想逼我跑快而煩惱的上原老師；為了對我造成壓力而安排在二區的大田。這些事一直在我腦中旋轉。

下山老師坐在腳踏車上，一面喊著「設樂跑得很順哦！」一面騎在我前方。這條路線我已經是第五次跑，身體對整條路都很熟悉了。像是下坡時會不斷聽到河水聲；後面的路柏油鋪得很差；轉彎處的路有一點向右傾等。身體會配合著各種路況而做出反應。就算腦中想著不相干的事情，身體也會正確的執行任務。小學六年級跑驛傳的時候也是這樣。儘管害怕得心驚肉跳，我的身體還是能按照練習的結果，確實的跑到終點。我的身體一向值得信賴，現在也是一樣。身體會排開壓力和迷惑，略略加速往前進。

剩下不到一百公尺的時候，我看見大田的身影。因為是熱身賽，沒有彩帶，但也不用繼續跑下去。大田默默的看著我跑步的樣子，目光如同平時那樣銳利如箭。不知是不是太在意那目光，還是害怕大田，又或是最後本來就該加快，我的雙腳朝著終點猛力加速。「不信這樣還不行」，我把剩下的一點力氣灌注在腳和手上。

「哇！很好嘛，設樂，九分四十八秒！」

在我衝過終點時，下山老師把馬表拿給我看。確定成績的同時，汗水也噴湧而出。三年級後第一次跑出十分以內的成績，我終於可以鬆口氣了。

所有區段跑完，回到田徑場時，大家都輕鬆的在休息。這座田徑場是這個地區唯一的一座，占地廣大，內有公園和小操場，所以所到之處都種植了草坪。是運動和休閒的最佳場所。我在草地上獨自做著伸展操，久違的九分多成績，讓我的心也踏實多了。

「喂，你這小子也差不多該使出真本事了吧。」

正在拉腿筋的時候，大田走到一旁重重坐在地上。

「嗄？」

大田走近嚇了我一跳，讓我聲音都有點變調。

「嗄什麼。還有十天吧？認真點。」

「什麼認真……？」

「叫你認真點跑啦。你以前的速度不是比現在快很多很多嗎？」

說完，大田自行打開我的運動飲料喝起來。

「就算你這麼說，我也沒辦法。」

今天跑出了好記錄，而且也接近自己的最佳成績。

「你應該不只有這點能耐吧？我不懂田徑，所以對記錄什麼的也不了解。可是從小學二年級開始，你就比我快好幾倍了。」

「有、有嗎……」

我歪歪頭。沒有小學二年級跑步的印象，我最初跑出成績的只有六年級的驛傳，除此之外的小學印象都很零碎。

「什麼有沒有的，你別裝糊塗了。當時在市野小學，只有你跟我好好比了一場啊。」

聽不懂大田的話讓我焦慮不已，但心裡真的覺得莫名其妙。我從來沒跟大田比賽過，從小學時候起我就很怕大田。

「哎呀，受不了！你的記憶力真的等於零耶。二年級時，全校康樂會中不是玩過捉迷藏的遊戲嗎？」

看我一直想不出來，大田重新盤腿坐好說。

「呣，好像有這麼一回事。」

「對、對，就是那次。當時我當鬼。我是全校超級強大的鬼，所有人都被我抓到了，只有你，我沒抓到。因為我完全追不上你。」

我上的小學規模很小，所以經常全校或全年級一起開康樂會。當然，對我來說，那種活動一點都不快樂。不管是玩躲避球還是捉迷藏，我都有一大堆敵人，只好不斷努力逃亡。

「我以短跑全速追上去，可是你卻把距離越拉越遠，根本伸手不及啊。唔，你的跑法實在很厲害。」

大田帶著懷念的口氣說。

「那、那是因為我真的非常怕你啊。」

我對這份意想不到的讚美有些過意不去，於是坦誠地說出實話。雖然已經沒有那時候的記憶，但對小學二年級時的我來說，被大田追趕簡直比遇到真正的鬼還可怕。

「怕我？」

「呃，那個，對，就是，很可怕。」

「有什麼好怕的，我又沒對你做過什麼事。」大田理直氣壯的說。

的確，大田從來沒欺負過我。可是，那是因為我太軟弱，他不屑找我麻煩。

「話是沒錯……但是，那是……」

「那是什麼？」

「是……」

「有話直說啦！」

大田的視線投到我身上。他的目光隨時都一樣銳利，就是那種銳利，令我發不出聲音來。

「真的耶。你從來沒有跟我好好說過話。」

「哪、哪有……」

「算了，對你來說我根本不是對手，反正也許我跟你連比賽的機會也沒有吧。」

「不是……」

「但是，小學二年級時，我真的覺得你是個很強勁的對手哦。我從幼稚園開始，玩捉迷藏或躲避球從來沒輸過，更別說還有人讓我追不上。」

大田一口氣說了這些話，又喝了我的運動飲料。

我花了相當長時間才搞懂大田話中的意思。我壓根沒想過大田對我會有這種想法。我心裡有好些想法想跟身旁的大田說，但是，不論哪個想法都沒有辦法轉換成語言。

「總之，不要被我這種人輕易追過去哦。」

大田說完，使勁站了起來。桝井正在叫大家集合。

「吵死了，快點讓我回家啦！」

大田大罵一聲，朝著大家走去。

8

一區從一開始就要快跑，出了田徑場的時候，有幾個人已經擺脫團體了。竟然這麼早就要分出勝負。雖然會緊張一下子，但沒有時間膽怯。即使只是退縮了一點點，當下就會失敗。我們絕對要進入六名之內。

出了田徑場後，沿著河畔一直跑下去。聳立在河另一側的山林澄澈的聲音，靜靜流動的河水聲聽起來好舒服。一定沒問題，我呼應平穩的河水聲向前跑著。

很有冠軍相的加瀨南中選手跑得飛快，而且有幾個人跟隨在後。我的眼中只看著跑在首位的加瀨南中的背脊。追著他的背影跑下去吧，就像從前大田追我一樣，追著他到天涯海角吧。我追趕著領先者，不讓單調的馬路打斷我的思緒。

穿過河畔道路來到大馬路時，許多觀眾夾道而立，「加油！加油！」的呼喊聲不絕於途。也有市野國中的學生和家長來為我聲援。第一次跑驛傳的時候，我從心底感到驚奇，因為許許多多人都為我送上鼓勵和慰問。如果我沒有跑驛傳的話，如果我沒有加入田徑社的話，應該沒有人會為我加油吧。「加油」聲迴盪在我心中，我比這裡的任何人都懂得，一句平凡的話特別令人感激。是桝井把我帶到這裡來，是他引導曾被霸凌的我來到這樣的場面。絕對不可以慢，絕對不能脫離領頭者。我細細感受著大家的聲音，再注入力氣。

通過兩公里點，全體選手的速度都增快了。領先群有四個人，而追隨群包含我共有五人。果然一區的選手直到最後實力仍然保持不墜。除了我之外，其他都是從二年級開始就跑一區或六區的選手。大家都具有絕佳且突出的實力。哦不，我並不覺得自己遜色，我把目光放在自己的手臂和腳，從小到大，我就比別人高一個頭。因為這個緣故，經常被人嘲笑我是棍子或電線杆。但是進入田徑社，我才知道這副身軀是我的強項，棍子般瘦長壯碩的身體，讓我能大步向前。

剩下五百公尺。大家開始準備衝刺，我也加速了。絕不能落人於後。以前我一直照著別人的指示跑，沒有心情去感覺快不快樂，像義務般的奔跑。但是，現在驅使我跑的並不只是義務感。在驛傳練習開始前，桝井問我：「不想贏嗎？」我不太懂輸和贏是什麼，但是我想把身上的彩帶交給大田，想比任何人都早一步交出去。我再度加速，甩掉後面逼近的腳步聲。

「設樂，這裡，這裡！」

轉過最後一個彎道時，我聽見大田粗嘎的叫聲。大田從很早之前凝視著我的跑步，很刺眼嗎？大田的眼睛瞇成一條縫。在大田凶狠的視線和聲音中，壓力衝到了極限。那是一股小學驛傳時無法相比的沉重壓力。但是，現在並不像當時那麼痛苦，這股重擔很甘美，我把剩餘的力量全部投入，不斷把腳推向前。身體已不需要保留任何東西了，可以全部轉換成前進的動力。我不顧一切瘋狂的跑，不是因為害怕大田，而是因為我想當他的對手，我想成為一個能和大田站在一起的人。

剩下五公尺，我像要撲倒般向大田伸出手去。

「辛苦了，設樂！」

大田搶也似的接過彩帶。

「交給你了！」

我想說這句話，但連發出聲音的力氣都沒有了。但大田還是輕輕舉高右手回應說：

「包在我身上！」

然後急奔而去。

二區

「喂，最後一段啦！這裡！這裡！」

我笑著伸出手去，千萬不能讓設樂有一絲膽怯。對了，除了嘴角，眼睛也要笑才行。我按照桝井的建議，瞇起了眼睛。這樣看起來就很像在笑了吧。

「包在我身上！」

從設樂手上接過的彩帶，可能因為被他用力握著，已被汗水濡濕。第一區中跑進六名，結果算是相當優秀。但是，之後三區的二郎只能勉強擠進十分多，所以我必須先跑進第四或第五名。今天我要讓那些傢伙看看，老子如果盡全力跑也是跑得出成績的。我把彩帶掛在肩頭繫緊，從一開始就衝刺。

1

我一直逃避去面對「就算做也做不到」這個事實。一遇到可能不懂的問題，在別人

證明我真的不懂之前，我就把它丟開。丟著丟著成了習慣，就算只有一點點難度，我也不想去嘗試了。就因為這樣，不會的東西越來越多。

第一個難關是分數。通分啦或是除法的時候要倒過來，規則太複雜，簡直搞不懂。說起來，我根本無法理解為什麼有比一小的數字。所以，我放棄了計算。在別人看出我是個笨蛋之前，就放棄了算術。同樣的道理，我放棄了理科，放棄了國語，後來我對讀書這件事完全失去興趣。所以我在上課時看漫畫，或是乾脆悶頭大睡，以便告訴大家不是我做不到，而是「讀書哪是人做的事！」。我的策略奏效了，老師們常會開玩笑的說：「其實啊大田，你很聰明耶。」無聊透頂。偶爾我也會專心聽聽上課的內容，但放棄各科目的半年後，不論哪一科都像無字天書。

不過，那時候我的運動還行。體育課或是放學後的體育活動，我都表現得不錯。六年級被選為小學驛傳的成員。

驛傳練習雖然累，但很快樂。平常大家看到我這個什麼都放棄的野蠻人，個個避之唯恐不及，但是驛傳的伙伴不會避開我。而且，級任老師雖然也都放棄我了，驛傳指導的平井老師，卻把我當成家人一樣照顧。

然而，就在距離大賽還有一個月時出了事。我遵照平井的囑咐，不但戒了菸也腳踏實地的做肌力訓練。體力調整得越來越好。然而，早上我從公寓二樓跑下來時，一腳踏空階梯，右腳踝扭到了。

我天真的以為，扭到這點小傷不會影響跑步。但是我連挺直站立都會痛。那天放學後的驛傳練習，打算熱身慢跑時，一跨出步伐便痛到極點。平井老師還沒有趨近來關心前，我便說了：「我還是覺得這比賽好蠢。」然後放棄跑步。

平井常說「故障是種恥辱」，我也認為這個想法沒有錯。生病受傷都是自己管理能力太鬆懈，把自己的過失放在一邊，做點事便哭爹喊娘的，簡直丟人現眼。博取別人同情，要周圍小心呵護的事我做不來。我不在乎逃走，但沒法忍耐這種恥辱。連體育這個最後地盤都放棄，上國中後我真的什麼也不想努力了。

國中的老師總說：「你有心學的話一定都能學會。」好像只會這招似的。可惜很遺憾，事實並非如此。我學了，但學不會。真正學了就會的那些人，本來就會好好學習。像我這樣經年累月荒廢那麼久，能學會的東西已經一件也沒有了。

升上三年級之後，中午我幾乎都泡在網球場裡。雖然場地破舊，不過有長椅可以當成床。而且最重要的是安靜。聳立在正後方的山巒會製造新鮮空氣，所以最適合在此抽菸。以前我的根據地是體育館後面。但它是老師們午休時重點巡邏的場所。網球場不但遠離校舍，而且必須橫跨操場才能到達，所以只有打算蹺掉第五堂課的我才會來這裡。對，直到一星期前。

「喂，你好。」

又來了。這段日子桝井天天來這裡。

「幹嘛?」

「你說『幹嘛』，其實是在等我吧?當壞學生其實很寂寞對吧。你知道我要來，所以特地在網球場等著。」

「這裡原本就是我的地盤，是你自己跑來的吧。」

「這樣啊，這麼說也有道理。」

桝井在球場中坐下。

「欸，大田，怎麼樣，想不想跑?」

「誰會想跑那玩意兒!」

「你開玩笑吧?參加驛傳這麼好的福利，你都沒興趣，你是不是生病啦?」

桝井假裝大吃一驚。

「什麼跟什麼啊?驛傳算什麼福利，你才有病咧。」

「不好意思，我的內科健診、牙科健診和耳鼻喉科健診都沒問題哦。」

桝井胡扯一通後，莞爾一笑。其實應該是賊兮兮的笑，可是看不出來。他展露出這種奇妙的爽朗，然後步步逼近，是個不可輕忽的傢伙。

「不是牙齒、耳朵那些啦。你有病的地方應該是你的頭吧。」

「真的嗎?也是啦。我期中考理科只考三十五分。」桝井聳聳肩。

我有一次偶然猜中記號，得了六分。不過那種事先放一邊，我冷冷的說了我的看法。

「那不是糟透了嗎？說起來，你這傢伙也算考生吧。跟我不一樣，三年來一直用功念書。現在不該是熱中跑步的時候吧？」

聽到我正經八百的意見，桝井哈哈大笑。

「別說什麼考生啦，現在才六月耶。大田，你都沒進教室，連國中三年的行事日程都生疏了吧。」

「什麼意思？」

「沒有學生現在就在考慮升學考試啦。老師雖然嘴上掛著考試考試，但大家心裡都很清楚，那些話只是要嚇嚇我們而已。不用緊張啦，現在是少子化的時代，只要順順的讀，要考個高中還不容易。」

「是、是嗎？」

這意外的訊息有點嚇到我。

「是啊。去年有幾個不良少年，像是大八木和宮瀨，大家不都考上高中了？不過，他們已經都退學了就是。」

「夏天結束前，大家都為社團最後的大賽燃燒起來。到了秋天，又為最後的體育祭而燃燒。幾乎所有人都會等這些活動全部塵埃落定之後，明年一月再開始努力升學考試。」

「可是，大家不都很認真的在用功嗎？」

雖然我的口氣裝得滿不在乎，但心裡卻對這剛發現的事實驚慌失措。我本以為一直在一起混的那些傢伙最近漸漸跟我保持距離，都是因為要準備考試。但是，如果桝井說的話沒錯，那就是別的因素了。

「當然多多少少也有人在意考試，不過他們是因為國中三年快結束了，所以才表現得很認真的樣子。比如說那些女生，不也都瀰漫著一股特別的氣氛嗎？因為最後相聚時光不多，所以大家一起努力吧。類似這種心情，女生都喜歡嘛。」

桝井露出不敢恭維的表情。

「哦，是嗎？的確是。」

「大田，你自己也是國三學生啊。然而，我們對你的印象，卻像是電視或漫畫裡的國三生。你必須偶爾進一下教室，偶爾跟大家鬧一下，順便跑個驛傳，看清楚自己現在的處境才行。大田，脫離人群，擺出獵豹姿態的期間，你的天線會鈍掉哦。」

「小子，你別說那些不知所云的話好嗎？我根本沒擺出什麼獵豹的姿態。你的意思是說我像個獨行俠吧？」

「對啊，獨行俠。上課鈴響了。我是考生，得進教室了。」

桝井挖苦地說了一句，跑步離開了。

桝井一離開，網球場便悄然無聲。遠處聽得見上課鈴聲，更遠的地方，聽得到學生們趕緊衝進教室的動靜。

還有兩小時，我要在這裡打發時間直到今天的課結束。大家在學數學、念英文的時候，在這裡睡大覺就行了。這樣就能不被任何人打擾、度過屬於自己的時間。這雖然是最棒的享受，但在這種地方度過兩小時也太長了一點。這星期來了學校三天，從一大早開始休息一整天不是更好嗎？我站起來遙望操場另一邊的校舍。市野國中因為學生少，三層樓的校舍只有兩棟，麻雀雖小五臟俱全。我的班級正在上社會課。現在小野田正精神奕奕的在講課吧。

小野田從二年級開始擔任我們班的導師，是個還很年輕的男老師。二年級時，他揮著熱血的大旗，不接受我逃課的事實，就算我脫逃，他也會把我找出來，拖我進教室。還在我頭上噴黑染劑把頭髮變黑，不厭其煩的對我解釋抽菸的害處。合唱比賽時，與班長一起拉著我，強迫我一起唱；遠足的時候，推舉我擔任執行委員，叫我一起去。早上，跑到我家叫我起床，還載我到校。又跟我媽合謀，逼我發誓以後再也不打人。花招百出，是個很難對付的傢伙。即使我這麼認為，但他還是比我先投降。

面對怎麼勸也不聽的我，小野田漸漸不再噴黑染劑，也包容我的遲到。上了三年級之後，他甚至給了我一個滿貫大優惠：「中午之後誰都會有點累，所以你至少把上午的課上完吧。」

「下一次他會說只要你不殺人，什麼都ＯＫ吧。」

有一次桝井這麼笑著說，但意外的是我笑不出來。只要第一堂課現身就會受到褒揚，只要偶爾在大家天天練得要死的合唱練習中露臉就能得到掌聲，關於抽菸，他說「那也沒辦法」，即使蹺課也用「算了算了」打迷糊瞜過去。好像真的只要不犯罪，不論做什麼都可以得到許可。

「要不要把給你的障礙跨欄，調回原來的高度試試呢？」

這些話就算桝井不說我也知道。只是我不曉得調回去的方法。伸了個大大的懶腰，我仰頭看天。最近的天空一直灰濛濛的，梅雨綿綿下個不停。

2

「一個人吃午飯也差不多該膩了吧？」

桝井一如慣例又來球場了。

「你幹嘛在這裡吃午飯？」看到桝井從塑膠袋裡拿出麵包，我問道。

午休時間想怎麼過是個人自由，但按規定要在自己的教室裡吃。當然，這種規定我早在一年級時就打破了。

「有什麼關係嘛。反正大田派的人都沒在教室裡吃飯。」

「是哦。」

以前，我會跟圍繞身邊的五、六個跟班一起在體育館後面或屋頂上吃午飯。那些跟在後面點頭哈腰的傢伙，少了我原來也很快活嘛。

「明明大家都知道你在網球場呢。」

桝井說的話一句句擾亂了我的心。

「沒那些蠢材跟著，我倒落得清靜。」

我把代替午餐用的「卡路里良伴」*塞進嘴裡，恨恨地說。

「我們學校幾乎沒有真正的不良少年，所以只能跟著你而已。偷腳腳車或是蹺課很刺激，但那只是想在女生面前耍耍帥。」

桝井開始吃起第三個麵包，虧他一邊說話還這麼能吃。

「因為這種種原因，大田，一起跑吧！」

「這種種原因是什麼原因啊？」

「明、後天都下梅雨哦。我們總不能每天都在這裡拖拖拉拉說重複的話吧。」

＊譯注：日本製藥公司生產的能量補充食品，是包裝在吸管袋的明膠物質。

桝井把麵包吃完，一使勁站了起來。

「什麼拖拖拉拉，全是你一個人自說自話吧。」

「是嗎？但是，最後的時光大家能一起幹點什麼也不壞吧？一起跑啦。」

「我不是說了不想跑嗎？」

「你跑那麼快還不跑？就當作替小學時報仇嘛。」

「煩死了。」

「大田，你怕了吧？怕輸給我。」

桝井低頭看著長椅上的我，想用這招來煽動我加入驛傳。這種卑鄙招數我當然不會上鉤。我什麼都沒說，只是露出不屑的表情。

「大田，你願意做的話，就能做得到，只是不做罷了，對吧？」

桝井不理會我的不屑，單刀直入地說。

「反正你再努力也贏不過我，因為害怕這個結果暴露出來，所以從一開始就不想努力。」

「隨便你怎麼說。」

「嗯，那我就說嘍。你一直在扮演只要努力就能做得到，但認真努力又太遜的戲碼，其實你根本什麼都不會。」

桝井的話難得令我有點惱怒了。不行。若是發火，就中了桝井的計了。桝井想讓我自己說出「既然如此我就跑給你看」，千萬不可被這種花言巧語給騙了。被騙上船，認真去做的話，就輸了。

「你要這麼想的話，那我也沒意見。」

「對吧？不過，不只是我哦，全市野國中的人都這麼想。」

「嗄？我開始認真考慮要不要殺了你。」

「別這樣嘛，鄉下的混混動不動就想殺人！」

桝井輕蔑地笑笑。那表情令我一把火直衝腦門，忍不住抓住桝井的胸口。

「敢瞧不起我！」

「你會贏的。」桝井儘管被抓住胸口，還是一臉不在乎地說。

「啥？」

「大田，你會贏哦，贏我。」

「你在說什麼鬼？」

「我不是說了嗎，只要你認真去跑，輕輕鬆鬆就能贏我。」

「胡說八道。」

桝井語意不明的話，令我大腦一片混亂，不自覺放開他，搔起自己的頭。

「我的狀況不太好，所以你隨便就能贏我。」

桝井整了整被我抓亂的襯衫，一邊說。

「那有什麼了不起？運動的人哪個不是經常有狀況或受傷。」

「也對啦。不過，現在真的很糟糕。我啊，從小學的時候就一直參加驛傳，一路跑到現在。進了國中又被滿田魔鬼操練，雖然自己說聽起來像吹牛，不過我的努力是別人的兩倍。」

「那又怎麼樣？」

桝井冷不防開始吐露心聲，弄得我渾身不自在，又再次搔起頭來。

「升上三年級，準備最後一次跑驛傳的時候，我本來打算傾全力去跑，誰知道滿田調職，派了個東西南北都分不清楚的老師來當顧問。真的，整個社團變得七零八落了。最糟的是，我的身體跑起來也不太聽使喚了。照這樣下去，今年的驛傳一定會是創校以來最糟的成績。在我還是社長的任內，絕不能眼睜睜看著這種事發生。倒數第一名是鐵定的。不過，團員沒招齊的話，也許還得棄權。」

桝井大大嘆了一口氣。

「既然如此，把田徑社的一年級社員都叫出來跑就好了嘛。」

「可是我想贏。不是把人找齊湊數就行的。參加本身就是榮譽，我不想破壞我校年年進入全縣大賽的傳統。所以，我想找到我們校內所有能跑長距離的高手出賽，大田，拜託你了。」

桝井說著，在地面跪坐下來。

「你幹嘛，這是做什麼？」
「大田，如果你願意跑，你要我做什麼都行。我願意向你下跪道歉，如果你要錢，我馬上就去偷我爸的錢包。怎麼樣，你開條件吧？我要怎麼做你才願意跑？」
就算他不下跪，我也能理解桝井說的話。就算我對國中生活很陌生，但至少我知道桝井一直專心在練跑。而且，小學的時候我就認識他，他是那種只要認為必須做，再麻煩的事也願意承擔的人。只要他覺得跑步是好事，就算是我這種邊緣人，他也願意招攬。桝井這樣的怪人世間少有吧。也許這是最後一次可以做出點什麼成績的機會。我既不討厭驛傳，心底也一直盼望著能像小學時那樣再跑一次。但是，我就是不想坦誠相告，愚蠢無聊又悽慘的自尊心阻礙了我。
「我說什麼你都答應？」
我不懷好意的看著桝井。
「嗯，我答應我答應。」
桝井抬眼看我。
「好啊。那你幫我教訓一個人。」
一般國中生其實不可以使用暴力。我是故意丟給他一個辦不到的難題，沒想到桝井立刻點頭。
「ＯＫ。要教訓誰？」

「欸，這、這個嘛……」

雖然桝井爽快接受，但我一時也沒有討厭到想教訓的對象。

「對了。你不是很煩惱嗎？田徑社那個搞不清狀況的顧問。你去教訓他吧，這樣你也可以出一口氣。」

「哦，好的！雖然打女人不太好，不過要修理上原的話，我絕對可以輕鬆解決。好，我馬上就去。」

桝井猛地站起身。

等一下。顧問是女人？而且還是上原，那個看起來瘦弱的美術老師成了田徑社顧問？我怎麼連市野國中的基本資訊都搞不清楚啦？絕不可對女人或老人動手。我非阻止不可。不能讓桝井去做那麼卑劣的事。

桝井說完話立刻快跑而去，我開始從後面追趕。但是，桝井果然還是很快。他的背影漸漸越離越遠。相比之下，我這人既不注意健康又抽菸，立刻就氣喘吁吁。

桝井輕鬆穿過操場，進入北校舍。美術室在三樓。我也拚了命追上去，但已經看不到桝井的身影。不快點的話就糟了。跑到校舍後要上樓梯，雖然很吃力，但還是使出全力跑上去。好不容易跌跌撞撞的衝進美術室，卻聽見桝井啪啪啪的拍著手。

「網球場到美術室有五百公尺，中間還有樓梯，所以算成六百好了，你跑了兩分三十秒左右。沒熱身能跑這種成績，棒極了。」

「這是怎麼回事？」

被迫沒熱身快跑的我，癱倒在美術室角落。

「到底是怎麼回事？」

上原似乎在準備第五堂課的內容，書桌上擺了教材，我和桝井突然闖入，讓她嚇了一大跳。

「大田說要教訓一下老師，可以嗎？老師。」

「你幹嘛說出來！」

我大喝一聲，阻止桝井說出實話。

「那，大田可以來跑驛傳嗎？老師。」

「啥……？」上原一臉不解。

「老師你沒聽懂嗎？大田想加入驛傳的團隊啊，這樣我們就能參加驛傳了！」

桝井無視於我的意見，喜形於色的報告。但上原皺起臉，「咦」了一聲。

「老師，這是件喜事，你為什麼這麼吃驚？」

對啊對啊，我也在心裡這麼說。跑不跑得成先放一邊，身為田徑社顧問，現在應該是樂不可支的場面吧。

「那是因為大田反正很快就會退出，練習也不會來吧？最重要的是，他這一頭金髮不能參加大賽。」

明明我就站在旁邊，上原卻說了一堆殘忍的話。

「金髮用染髮劑染黑就好啦。」

聽桝井一說，上原轉頭注視我又皺起眉。

「哇，他連眉毛都沒了耶。不行啦。我們說什麼他又不聽，去記錄會的話，可能會被其他學校的老師警告哦。」

「這老師是哪根蔥啊。」

我忍不住嘀咕。美術課一星期只有一堂，而且只排在下午，所以我幾乎都蹺掉沒上，不知道上原竟然是這麼亂來的老師。

「上原老師對田徑還缺乏熱情。」桝井解釋道。

「我不是說了沒這回事嗎。啊，香菸，菸味。大田，你中午抽過菸，對吧？」

「嗯，是啊。」

只要不在眼前抽菸，現在大家對我抽菸都睜隻眼閉隻眼了，這已經是彼此的默契。

「這樣算是違反校規吧。不對，是違法。大田今年十五歲吧？」

「老師，大田是二月生的，現在才十四歲。」

桝井立刻糾正並且笑著說：「上原老師不只對田徑，對很多事都很無知耶。」

「抽菸會得肺癌耶」、「我得跟你級任老師說」，上原囉哩巴嗦的說了很多。跟我說那些話也沒用啊。我嘆了一口氣，不禁回想起從前因為抽菸鬧得人盡皆知，或是做壞事時心裡七上八下時的自己。

「第五節課，我是數學，大田，你們班是英文吧？」

鈴聲響，被趕出美術室的我們在走廊上狂奔。

「我是不去上，但你得快一點，否則被老師盯上。」

「也對。」

桝井稍微加快了腳步後，瞄了瞄我的臉。

「欸，你會想幫我一把吧？」

「啥？」

「那種老師當顧問耶。」

「的確很棘手。」

「一起跑啦。有人需要你的感覺也不壞吧。」

桝井一如往常的微微一笑。

看到桝井和上原的奇妙對答，我的心情也變得柔和起來。這也許是最後一次有人需要我，也許也是最後一次有人強迫我重新站起來。

「那，等你來練習嘍。」

桝井說完，往教室跑去。

3

排球社的夏季大賽接近時，小野田放學後又來我身邊打轉。「大田，就算平常沒來，最後一次比賽也該出個場吧。」跟上次校外教學前一樣。

「大田，你不能稍微來看一下練習嗎？」

「不要。」

我把空書包掄到肩上，往鞋櫃的方向走去。小野田一直緊跟在後。

「都最後一年了，盡可能做一點就好了。」

「好麻煩。」

「別這麼說嘛。可以留下美好回憶哦。」

「回憶什麼的聽了就煩。」

「大田，你不是喜歡排球嗎？」

「難說。」

二年級的五月，我從籃球社轉到排球社。本想轉社後好好苦練一番，但沒撐過一個月。我跟那些已經練一年的校隊的差距顯而易見，精力和韌性都不足的我，只好按照慣例放棄。

「什麼難說嘛。書本可以擺一邊，但至少找一件事用心點嘛。」
「參加比賽的話，頭髮一定得染黑，太累了。」
「這不是為頭髮顏色堅持的時候啊，大家都在等你呢。」
「才怪。」
小野田雖然不是顧問，但他應該也看得出排球社的氣氛。那裡根本沒有我立足之地，而且，就算是我也知道，排球是需要團隊默契的比賽，現在才加入只會成為人家的絆腳石。
「你不寂寞嗎？」小野田哀愁地說。
「有什麼好寂寞的。」
「什麼都不做，國中就這麼結束了哦。」
「無所謂，結束就結束。我要回家了，你快走吧。你是顧問，還是快點加入網球社的練習吧。大家都在等你哦。」
經我一再催趕，小野田才說了聲：「明天去看看吧。」就快步跑到球場。
國中生活快點結束也沒關係，我既不會寂寞也不悲傷。只是連桝井笑稱天線故障的我都很明顯的感覺到，夏天之前學校裡的空氣都在加速朝我湧來。
「無法忍受兩手空空的走吧？」
桝井這句話也許真的說中我的心。逐漸升高的熱氣，令我的身體也跟著浮躁起來。

桝井從快跑到美術室那天起，天天都來向我報告當天的練習計畫表和大家的狀態。排球社的團員沒有人在等我。但是，驛傳的團員至少還有桝井在等。至於我，自從跑到美術室的第二天起，我就偷偷把體育服藏在鐵櫃裡了。而且……我瞄了一眼隨便亂塞在鞋櫃裡的運動鞋。我從小學時開始，什麼都不在乎，只有鞋子一定挑好的穿。

可能看到我小學參加驛傳十分高興吧，從此之後，我母親買給我的鞋一律都是跑步用的運動鞋。現在腳上穿的是耐吉的Zoom Matumbo。這雙鞋價值一萬圓以上，卻給我浪費的穿著上下學，儘管不跑步就不能發揮這雙鞋輕盈的功能。

穿上Zoom Matumbo走出換鞋間，瞇細眼睛望著晴朗的天。太陽凶悍的灑下光線，梅雨早就停了。今天正是時候，也許可以來試試Zoom Matumbo的威力。

太陽開始西沉時，練習驛傳的團員全都集合到操場上。我偷偷躲在體育館後面窺看，雖然討厭自己的軟弱，但若比大家早到，讓別人發現我緊張，那就太丟臉了。等確定全體圍成一個圓之後，我才走到操場的正中央。

桝井一發現我立刻對著大家叫嚷。對，就是因為桝井太纏人所以我才來的，因為嫌煩，所以不來露個臉不行。我在心裡反覆嘀咕著這些並不需要說給別人聽的藉口，一邊慢吞吞的邁出步伐。夕陽再耀眼，也不及大家的視線來得刺痛。我把口香糖一嚼再嚼，但喉嚨還是乾乾澀澀的，原來不被老師強迫，靠自己的力量進入一個團體會這麼緊張。

我的腳差點就要軟下去了。

「喂，等你很久了。」

走到附近時，桝井小跑步過來，強行拉住我的手臂。

「你終於來了呀！你知道大家等多久了嗎？」

桝井的叫喚讓我暫時卸下緊張，不過大家都在看。我粗魯的甩掉桝井的手。

「是哦，所以呢？」

至少我必須讓一年級和二年級的小鬼感受到「不得已才來參加」的氛圍。

「總之，謝謝你願意來。」

「沒什麼。」

桝井直截了當的道謝，讓整個節奏都亂了套。一、二年級的小鬼也都低下了頭。驛傳小組肯定被操得很慘，竟然得向我這種人道謝。

「設樂也在耶。」

設樂站在遠處瞧著我。從小學低年級開始，他就跑得比我快。從沒想過有一天我會和這傢伙在同一隊裡。心底有股躍躍然的感覺。但是，設樂只是含糊的回答：「哦哦，嗯。」對任何事都認真投入的設樂，也許不喜歡我吧。

只有在剛開始時不太習慣生澀的氣氛，但一旦開始熱身，專注在跑步上時，其他的事就不放在心上了。上原說第一天，所以練習計畫表可以打點折扣，我聽了有點火大，拚了全身力氣跑一陣之後，腦袋有一半都空了。

四百公尺的短跑十回。與大家做完同樣計畫表時，全身癱軟，我想也沒想的倒在操場正中央。汗水湧出，身體疲憊得幾乎快笑出來。但是，真爽快。我都忘了單純的反覆跑四百公尺是這麼愉快的事。

「不做緩和運動，你會更累哦！」

上原的聲音傳到耳裡，但我已經站不起來了。

好幾年前，我也像這樣跑過。躺在地上仰望初夏的天空，好美。

4

暑假真好。我不太怕熱是其中一個因素，但最棒的是，身邊一群人全力參加的社團比賽都結束了。三年級除了文化部外全部退出，因此，只有我沒參加的活動又少了一個。

暑假開始的同時，驛傳隊也變得熱鬧了。管樂隊的渡部和籃球社的二郎也都加入。怪人渡部來跑驛傳真是妙不可言，而二郎是個什麼事都想插一腳的人，所以也抱著同樣的心情來參加驛傳吧。

「田徑社的社員之外，大田是第一個加入的人耶。」隨著成員增加，枡井這句話令我有點難為情。

暑假過了一半，開始參加熱身賽，我把頭髮染黑。到校外參加比賽時，我也特別用染色劑染黑了頭髮。

「哇塞，我還以為是誰呢？雖然看起來怪怪的，不過挺好看的。」

坐進中型巴士去熱身時，枡井立刻笑了。

二郎也讚美我：「不錯、不錯。好像跑得更快了。」

「沒想到那麼快就改頭換面了嘛。」

渡部說了句刺耳的話，巴士裡的空氣也低沉下來。

「是我叫他染的。」

上原坐在最前面的位置，搖了搖手上的染色劑。

昨天練習完後，上原把染色劑交給我說：「明天，把頭髮染黑。」據說小野田塞了十瓶染色劑給她。

「你們一個個怎麼都這麼囉嗦啊。我頭髮什麼顏色跟你沒關係吧！」我頂了回去。

渡部回道：「對啊，我沒興趣，只是說說而已。」

隨便把我的話擋回來。真是個令人火大的傢伙。

「你……！」

「哎喲，生氣的話會暈車哦，放輕鬆點吧。」

再差一點我就要發作了，被桝井安撫下去。

對了，在跑之前，不能太讓桝井為我費心，他也要跑呢。我壓抑住焦躁的性子，坐在座位上看窗外的景色。

過了二十分鐘到達田徑場。走出我們鎮上那一片群山環繞的田野和果園，過了一個大隘口，再穿過長長的隧道，到達了田徑場。這一帶是最繁榮的地區，不過，也只有公路兩側有大型超市和綜合醫院，和幾家平價餐廳而已，再往裡面走一點，又是大片大片的山丘、河流和田野。這一帶的混混包含我在內，在標榜自己是混混、是壞蛋的時候，每天都竭盡全力在超市的遊樂中心晃蕩。國中畢業，漸漸長大之後，待在這個鎮裡就會生活不下去。這個地區高中少，很多人在國中畢業的同時就離開家到都市去。我也很嚮往都市。但是，要出外到一個沒有山丘環繞的地方，還是有點怕。

「欸，到了。」

聽到桝井的提醒，我下了巴士。看到了網球場、體育館等包圍田徑場的高矮建築。光是這樣，就覺得我已經離家外出了。對現在的我而言，這種規模也許剛剛好。

因為是第一次熱身賽，大家一起檢查了所有區段的路線，最後全體一起跑一區。

由於暑假的練習，全是跑學校周圍的野外訓練，因此我對好久沒試過的比賽十分興奮。我可以和設樂一起跑了。以速度來說，桝井比設樂更好一點，但是我的對手是設樂。

小學二年級時，康樂活動裡玩過捉迷藏。當時我還是單純的二年級生，總是幹勁十足的當鬼追大家。我的運動神經很發達，輕而易舉就能把大家抓到。但是唯有設樂不一樣。不論我怎麼追，就算是伸出手，我也連碰都碰不到他。設樂總是以難以匹敵的速度跑在我前頭。我這個腦袋什麼都不記得，但當時的情景卻如在眼前。

上了國中的現在，我能多接近他的背呢？一想到這裡心裡就怦怦跳。

大家在一區的出發點排成一排。桝井在給一年級建議時，站在旁邊的設樂沉默的望著前方。他和桝井一樣三年都在田徑社，但設樂總是不和周圍的人說話，沉浸在自己的世界裡。

「有自信嗎？」我問，但他也只回答：「呃，大概。」

而我們旁邊的二郎則問上原：「這是我第一次熱身賽欸，該怎麼跑比較好？」

「唔——這個嘛，就像在操場上那樣跑就行了啦。」

「是哦？」

「嗯，不過，要小心車子哦。」

「嗯，我知道。」

二郎認真聆聽著上原毫無營養的建議。曬黑的臉上偶爾露出潔白的牙齒。不知是因為露齒的模樣，還是因為下垂的眼睛，二郎就算正經的時候也像在笑。這甚至能緩和周圍的緊張，與我有天壤之別，因為別人都說我「笑起來更恐怖」。

「搞錯求救對象了吧。」

當我凝視著二郎的時候，渡部在旁邊低聲咕噥道。

「你這個人怎麼每件事都要囉嗦？問一下有什麼關係嘛。」

雖然我也知道問上原等於白問，不過，我很羨慕二郎少根筋式的天真。

「也是。只要真能跑出成績也就謝天謝地了。」

渡部這麼說完，輕拍著大腿準備起跑。裝個模範生的樣子擺臭架子，討人厭的傢伙。我在他隔壁故意大聲嘆了一口氣。

「那，我到終點等你們哦……預備，跑！」

上原一喊開跑，桝井瞬間衝出去。大家也都跟在後面。但是，所有人只有在前五十公尺擠在一起跑，不久，桝井、設樂、俊介和我四個人，與其他的人便拉開距離。連我都是使盡力氣才勉強跟上，若是稍一輕忽就會與他們三人拉開吧。不過，這裡我還不想落後，不管後面還有多長距離，我幾次衝刺追上。

然而，只有在剛開始時能靠著反覆衝刺追上，超過一公里時，三人都已跑在非常前面，消失了身影。跟天天混田徑社的人有差距稀鬆平常，這些認真努力的傢伙，跟我不同。這麼一想，在剩餘的八百公尺猛力加速時，看到設樂和俊介就在前面，似乎就要追上。於是奮力再衝一陣，兩人的背影變得更近了。怎麼回事？俊介倒還好，但設樂的程度應該不只如此。為什麼會這麼近呢？不對，設樂應是打算最後衝刺，所以現在只是估量著狀態在跑。好吧，總之我緊跟著就行了。我不覺將力氣灌注到身體，但是，設樂的速度還是沒有加快。即使接近終點，他也沒有加速的意圖。終點處，桝井的叫聲：「還差一點，最後衝刺啦！」我的引擎全開，跟設樂的距離越到後面越短，最後，伸出手幾乎摸得到設樂的背，與俊介一起衝過終點。

「哇哦，好厲害！大田，才第一次跑就這麼行。靠你果然沒錯。」

我喘得上氣不接下氣，桝井遞來毛巾。

「哦，還好啦。」

「接下來還會更進步哦。」

看桝井說得這麼開心，看來我也並非不行。

設樂連汗也沒擦，呆站在一旁看著後面跑來的團員們。

「狀況不好嗎？」我問。

我不相信這是設樂真正的實力。如果那是他最佳記錄，我只要努力點也能追上。

「嗯，也不是。」

「看起來還保留著力氣。」

「真、真的嗎？」

設樂屈著身體歪頭說。設樂跑的時候明明很高大，但平常卻有很嚴重的駝背，以至跟我一般高。

「因為我最後差點就要追上你了。」

「是哦。果然是這樣。」

「衝刺時好像也沒用盡全力。」

「是。」

「看起來還沒完全發揮啦，不過這只是我個人的想法。」

「也、也是……」

「可是我對驛傳了解不多。」

我說的話根本不用放在心上，但設樂卻認真的點頭稱是，實在太肉麻了。我忍不住抓起頭來，手上全沾滿了被汗水融化的黑色染劑。

5

進入第二學期，驛傳練習也進入正式訓練。除了上原之外，其他老師也經常來看，其中小野田每次都來。

「你是叫我其他課也認真去上？」我做著伸展操，一面對小野田說。

小野田總是在我身邊轉來轉去。

「不用啦，只要專心一門就行了。而且其他的課你不也相當用功了？」

「相當哦？」

我對小野田的鬆散，發出厭煩的叫聲。

如果說我跟第一學期有什麼不同的話，那就只有因為對上原內疚，去上了美術課，和為了增加體力而上了體育課而已。其他課依然經常蹺掉。晚上也在外面遊蕩。

「可是，大田，你不是在禁菸嗎？我很佩服。」

又來了。低階又簡單的障礙。國中生禁菸有什麼好佩服的。

「不是禁菸，我戒了。」

抽菸對身體不好，開始跑之後再清楚不過。而且，戒掉香菸對我來說很簡單，只要在嘴裡放顆糖作為代替品就行了。本來我就不是因為喜歡香菸才抽的。

「做緩和運動嘍。」

桝井喊著，把正在做伸展操的伙伴都集合起來。西斜的太陽放射熱力不再像夏天那般刺眼，我也慢吞吞地站起來。

距離驛傳大賽只剩半個月，九月最後一週，舉行了我參加的第四次記錄會。我很愛參加記錄會。雖然染黑頭髮很麻煩，但我喜歡跟別人比賽，而且別校的不良伙伴也會來好幾個人，很開心能見到他們。

這次的記錄會分成三組進行三千公尺比賽。三組分別是九分多、十分半和其他。我的記錄大致進步了不少，所以被排在十分半的第二組。令我驚訝的是，回頭竟然看到設樂。

「喂，你應該在一組吧。」

「因為今年都還沒跑進九分多……」設樂囁囁嚅嚅的回答。

「可這是按目標成績分的組吧？你去排那邊啦！」

我指著第一組的行列。

市野國中排在第一組的只有桝井和俊介，這種狀態下，還怎麼比驛傳？

「你小子不是田徑社嗎！」

看到設樂磨磨蹭蹭的模樣，我的聲音尖銳起來。

「是啊，可是……」

「什麼可是不可是啊。」

設樂為什麼縮著背，眼睛看著下方說話？明明有實力，幹嘛藏起來？就像逃給我追的時候那樣，抬頭挺胸把自己表現出來就好了嘛。

「總之，你別進我這組來。很礙眼。」

我霸道的把他趕走，設樂畏畏縮縮的往第一組走去。

比賽從第一組開始進行。設樂如同他預告的，沒跑進十分以內。一旦在自己心中這樣設定了時間就完蛋了。但是，我更擔心的是桝井的記錄也沒有提升。最近桝井也跑得不好。說起來，很久之前桝井就跟我提過「狀況不佳，你一定能贏」。難道他真的進入低潮嗎？但是，桝井的腳步很正常，沒有明顯的受傷。肯定是太照顧我們，而沒能專注於自己的訓練。

第二組比賽，我進前三強。時間也有十分十九秒，稍稍進步了一點。以前荒廢太久，但才訓練了一下就立刻有了成果。自己下的苦功能轉換成有形的東西表現出來，真是暢快極了。

「喂，大田，跑得挺快的嘛。」

跑完後，坐在跑道旁時，幾多國中的岩瀨靠過來。

「你也很快啊。」

「我第六。十分二十二秒。」
「不是田徑社的人還能跑這種成績，真有你的。」
「沒啦，像我們這種混混當中，飛毛腿很多。」
岩瀨很愉快的聊起來。我與岩瀨是一起上課後輔導時認識的朋友。
「對了，你那個頭，是在你們學校弄的嗎？」
我瞄了一眼岩瀨的頭。雖然很多混混都想弄個奇特的髮型，但岩瀨的頭髮剃得比龐克頭更隨便一點，只留下頂部，十分奇妙的髮型。
「不是，因為用染色劑黏答答的，我乾脆把黃色部分都理掉，就變成這副德性了。」
「沒想到你跟驛傳還滿合的嘛。」
「不知道該怎麼說。都是那傢伙啦，長谷川，那人很囉嗦。」
岩瀨手指的方向站著一個曬得像焦炭，戴著墨鏡的魁梧老師。他是幾多國中的田徑社顧問。
「他是黑道吧。」
「正牌的哦。不聽他的話，搞不好會被殺掉。你們家的……也好啦，至少不用擔心被殺。」
岩瀨看到上原就笑了。

「也是。不過我們家社長很嚴格。」

我把頭轉向桝井。桝井正在為二郎加油，清亮的聲音迴盪得很遠。

「你們社長對驛傳相當投入呢。」

「沒錯。」

桝井的確在驛傳上灌注了全力。不只如此，桝井不論什麼事都能確實完成。就像說服我進驛傳，事情再棘手，他也都能花言巧語達成任務。他是個了不起的人，不過，有時我也對他有些懷疑，不知道桝井心裡到底在想什麼。

「不過，真羨慕你欸，大田。你們那兒有這種人物。像我，最近跟身邊的人都談不來。」

「真的嗎？我那裡也一樣。」

「還說什麼一輩子的伙伴、死黨，結果去了補習班就忘得一乾二淨。」

我身邊的傢伙在二年級時也說過同樣的話。說什麼，我們是世上無敵的伙伴。但是有點小摩擦就離開了。死黨就這點程度。現在大家都重拾課本，跟我保持若即若離的距離。

「反正，本來就只是一同尋歡作樂的死黨，不可能長久。啊，我要回去了。」

岩瀨慌張地站起來，戴墨鏡的長谷川正在咆哮。看來賽後的檢討會開始了。

桝井跟我既不是死黨也不是伙伴，事實上在驛傳開始之前，桝井連招呼都沒跟我打過。驛傳結束之後，我會變成什麼樣呢？

6

驛傳大賽的前一天，和往年一樣，學校在體育館舉行了賽前打氣會。包含候補選手在內的驛傳團員，一起站在全校師生面前。

「把制服穿整齊，排好隊。」

上原這麼吩咐。於是我把襯衫塞進褲子，制服鈕釦扣好。這是我第一次把制服穿整齊，制服的鈕釦扣到領口時差點沒氣。才剛換季成冬季制服，但在悶熱的體育館裡，不適合穿學生制服。不知是因為緊張還是太熱，我頭暈了。

校長訓話之後，接著是學生代表的鼓勵演講。而我們得站在眾人面前聆聽。不論是校長還是學生代表都說，你們是市野國中的表率，你們努力的身影是我們的驕傲，明天全校都會去幫你們加油等。

我站在大家面前，感受到眾人的視線，除了我之外，從桝井開始，個個都可以成為表率，具有讓大家支持的價值。但我呢？頭髮是金色的，總是無所事事、惹是生非的傢伙，甚至可以算是市野國中之恥。我只會惹人生氣，不是被大家稱頌、被大家引以為榮的人物。

我覺得全校師生似乎都在嘲笑我。當然，體育館裡鴉雀無聲，誰也沒有說任何話。可是，大家心裡一定都在哈哈大笑。跟我混過的那些人現在應該也暗地裡罵道：「那副德性當什麼表率，別笑死人了。」

這麼一想，不自覺的冒出一身汗。等我回過神時，已經走出行列。

「等一下，大田，還沒結束呢。」

聽到桝井的呼喚時，我的緊繃霎時爆炸。到了這個地步，已經無法阻止了。

「我說桝井，你一天到晚要我做這個、做那個的，簡直太煩人了。」

我對著桝井這麼說，解開制服上的鈕釦，我心中建立起來的堡壘崩塌了。

「好，我知道了。回去吧，大田。」

「你是我什麼人？憑什麼這樣命令我？」

即使拉高了嗓門，桝井的表情還是沒變，看起來既不是悲傷，也不是厭煩，更不像驚訝。每次都是這樣。桝井總是從某個略高一點的地方，冷靜的俯視著我。這麼一想，心中的火氣更加高漲起來。漸漸的四周出現躁動聲，一再刺激我。

「你們一個個都煩死人！」

若不發出聲音，我好像會瘋掉。於是朝著四面八方大叫。

「你們大家看什麼看！這種無聊的事，誰受得了啊！」

即使我大吼大叫，但大家更加躁動。「喂，大田。」小野田想按住我的肩，但我用力甩掉他的手。就在這時，二郎的聲音在體育館響起。

「你想怎麼樣我不管，但可不可以別鬧了！」

二郎的聲音比我的胡鬧聲響了好幾倍。

「啥？」

「我叫你別現在才在吵著放棄，在這兒瞎胡鬧！」二郎振振有辭的說。

「你想幹嘛？」

我朝二郎的方向走近，但二郎的臉拉得更沉，一點也沒有退縮的意思。

「小子，我有哪裡惹到你嗎？」

「當然有。你若是胡鬧，會連累到我們。」

「你說啥！」

「為什麼要逃走，大家都這麼為你打氣。」

「臭小子，你以為你是誰啊？」

我抓起二郎的領口，可是他的臉色連變都沒變。不只如此，他還目光炯炯的瞪著我。這傢伙難道不怕我嗎？沒聽說過一向笑臉迎人的二郎有跟人打架的習慣。我只要一爆發，沒有人不害怕。不，不對，現在暴怒的不是我，是二郎。我只是因為這場面的氣氛太嚴肅而吼叫，但二郎卻是真的生氣了。所以他根本沒把我的凶相放在眼裡。

「大家不是一起努力跑到現在嗎？到了如今你才在說這說那的算什麼！你這個胖子，別以為你愛怎樣就能怎樣，練了這麼久現在還吵什麼吵啊。明天就要比賽了。你給我神經繃緊點！」

二郎眼睛直盯著我說這些話，嚴肅的臉上沒有一絲笑意，而我一句反擊的話也說不出來。

以前我只看過老師為了叫我安靜，而裝出暴怒的樣子。也跟其他學校無法無天的傢伙互相槓過。但是，我不記得曾經為一件對的事認真發過脾氣。像這樣有人當面挑戰我，更是從來沒遇過。我對這種從沒遭遇過的場面有點退卻，但還是擠出最後一點自尊，大叫一聲：

「我受夠了！」

然後衝出體育館。

7

那天晚上，我沒興致出門，就在家裡卯起來做炒飯。若是有人看到，可能會笑和我太不搭，不過我一煩躁的時候就會做菜。不論是蔬菜還是肉，把它們切一切下鍋炒，心裡就會舒暢許多，把它們一口氣全吃下肚，就能忘記煩惱。在炒飯裡放進蟹肉棒、香腸或包心菜等各種食材，連我自己都覺得香極了。把飯盛到盤子，正準備大快朵頤的時候，門口有人在喊：「不好意思。」

「你想幹嘛？」

走出一看，是上原。

「大家叫我若無其事的來看看你的狀況。」上原不好意思地說。

「這哪叫若無其事。」

「我剛才偷偷從外面往裡瞧，可是看不見。」

「喔。」

「站在這裡不太方便，我可以進去嗎？」

「哦，好啊。」

我無可奈何的點點頭，上原說了聲「打擾了」，便走進我家。

「有點亂耶。」

我把曬乾散置在榻榻米上的衣服和漫畫丟到一角。

「你媽媽呢？」

上原眼光掃過廚房。

「去上班。」

「很晚才回來？」

「嗯。你一定想『果然如我所料』吧。」

「什麼？」

「我們家啊。單親家庭，所以才養出我這混混。」

「如果你要這麼說的話，我家也只有我爸哦。現在這時代，父母雙全的家庭已經不多了呢。倒是什麼味道好香啊，大田，你會做菜啊。」

「嗯，你要吃嗎？」

「好啊。」上原用力點點頭。

真是個厚臉皮的傢伙。算了，反正難得剛做好。跟上原一起吃飯雖然不太自在，但總比等會冷了再吃好。

上原說：「你一說我肚子都餓起來了呢。」說完便自己跑去整理茶几，我把兩人份的炒飯端過來。

上原雙手合十說了開動便吃了一口炒飯，開心笑道：「相當好吃耶。」
「還過得去。」
炒飯不論何時做都能達到及格的好吃。今天的味道也還不錯。
「二郎叫我帶你去王將吃頓拉麵，再說點好話籠絡一下。結果反而讓你請吃炒飯。」
「請小混混吃拉麵，好像是老師們的固定手法。」我皺起臉說。
「真的嗎？我沒看過老師請吃拉麵耶。不過，二郎說，小混混一定喜歡王將。」
跟上原說話，還真讓人無法生氣。
「這樣。對了，上原，你也叫他二郎嗎？」
上原這個老師很少見，她不用綽號或名字來叫學生，而是正確的稱呼對方的姓。
「你這麼一說，的確是耶。奇怪，為什麼叫他二郎呢？」
「因為那傢伙太好相處得有點異常。」
上原表示同意後，我想起今天二郎的神態，心情沉重下來。
「你知道的嘛，你外表看起來不是很恐怖嗎？說老實話，連我也嚇得有點發抖呢。所以大家都故意做出不怕你的樣子。」
「什麼意思？」
「但是，二郎卻滿不在乎的說：『大田好可怕，所以他發脾氣的時候，我總是躲到廁所裡去。』二郎這種地方特別令人自在。」

「不過，你也相當直白哩。」

上原對我的吐槽只說了聲「會嗎」，然後就正襟危坐說：「言歸正傳……」

「幹嘛？」

我當然不會跟著正坐啦，不過為了配合氣氛，我把湯匙先放下來。

「以前，我的老師說過，國中是個容許你不斷失敗的地方。不論是人際關係、念書，不管是什麼，你愛怎麼失敗都沒問題。像這樣可以隨時重來的地方並不多呀。不過，不只是國中，人們不也常說，失敗對人生很重要。公民課本上有提過，麥可．喬丹說，就因為失敗了無數次，才能成功。可是，偶爾也會有一去不復返的情形，對吧？一失敗就完蛋的事。」

「對。」

上原滔滔不絕的說著，我沒有插話的餘地，只能點點頭。

「那就是現在。現在就是做出正確判斷的時候。不要被一時的意氣所矇蔽。為了自己好，也為了向你伸出手的人好。你看，那個麥可不是也失敗了無數次，最後下定決心才能跳出月球漫步的創舉。」

「跳月球漫步的是麥可．傑克森，喬丹成功的是射籃。」

我一說，上原笑答：「是哦，」然後又拿起湯匙。

「我漸漸覺得，義務教育很不簡單。我以前在教職員室從來不跟看不順眼的老師說話。看到討厭的學長啦，也會裝作沒看到。不過，國中真的不簡單。」

上原剛才的嚴肅不知道哪去了，大口吃炒飯隨口聊八卦。

「連我這種人，也會有人找我說話。」

即使我說了討人厭的話，她也邊吃邊點頭說是。這傢伙的性格還真是一種天分。

「好吧，明天等你嘍。」

上原冷不防丟下一句，把炒飯吃個盤底朝天才離開。

睡覺前，我搖了搖染色劑，看還有沒有剩。記錄會和練習會時用的染色劑，每次用都會傷到頭髮，變得澀澀的。

算了，再用這種東西掩蓋也沒有用。我放下染色劑，拿起了推髮剪。

8

二區跑的是山中的村落，高低起伏極大。我在上坡時每跨一步就衝刺一次，趁著那些對手上坡前速度變弱的時候，快速拉近距離，或是直接超越。該怎麼跑才好呢？當那些人在思考這種問題時，我迅速的超過他們。第一個上坡，我就把跑在眼前的兩人給幹掉了。

本來是第六名，現在第四。在我前面的還有三人。最前面那個人的位置看不見，但是看得到另外兩人。好極了，看我拿下他們。我瞪著前面那人的背，舉足前進。跑在前面的是加瀨中和幾多中，兩個在記錄會時就得到好成績的傢伙，果然到了正式比賽還是強。雖然我逐步鎖定距離，但還是在追不上的狀態下到達中繼點。

過了兩公里之後，來到寬闊田園旁的大馬路，沿路加油的人群也很多。聽到「加油！」「前進！」等聲音，前方選手們的速度也增快。與在鄉間小路孤軍奮戰時相比，比賽的氣氛大不相同。受到鼓舞就提高配速的跑法太膚淺了，我暗忖趁此機會拉近距離。可是，就在這時候，群眾們發出「後面追上來嘍！」「加油！」的喊聲，增加了對前面選手的支持。加瀨中和幾多中也加快。可惜這裡沒有市野國中的加油團，驛傳有六區段，應該沒有人會特地選我跑的區段來加油。

不久，也傳來對後面選手的聲援。剛才我超過的那人追近了。可惡。有人搖旗吶喊就來勁了。想到這裡，我竟有種孤立無援的感慨。等等，不對。這不是我最擅長的嗎？全民為敵沒在怕，想打架儘管來。我一邊這麼告訴自己，腦海裡想到小學驛傳的往事。

參加驛傳練習時，我跟桝井吵過架。我找碴說：「你是在賣吵架嗎？」桝井回道：

「吵架我沒在賣，如果要養樂多的話，我媽倒是有賣。」當時「你賣吵架嗎？」是我的口頭禪，正確的應對方法是跟我說聲對不起。那時候的我，光是看到大家發抖的模樣就心滿意足。然而，桝井卻回了我一句妙答。我大發雷霆，把桝井揍了一頓。臉頰紅腫、嘴角裂開的桝井只哼了一聲，立刻說：「如果被老師發現，會變得很麻煩。所以我回家了。這個傷，就說是跟我弟打架打的。大田，你還要跑驛傳吧。」然後他就回家了。第二天，家裡只有小他五歲的弟弟的桝井打趣說：「沒想到，小一男生的力氣還真大。」

那時候我跑驛傳的機會，也許也是桝井給我的，但我偏偏扭到腳，眼睜睜看著機會溜走。但是，這次我不能再浪費。這次我要給桝井機會。

大馬路結束，來到平緩的小道時，支援聲消失，又回到原來的步調。從這裡開始就是勝負之分了。我與第三名相距五十公尺，離第二名也有一百公尺遠。這點距離的話，我可以想辦法追過，他們為了回應剛才的聲援，應該消耗了不少精力。離終點還剩一公里，已經沒有時間了，我加大每一步的步距。可是距離並沒有縮短，幾次衝刺的關係，我的步伐也亂掉了。

現在可不能疲倦。今天早上，桝井跟我說：「上了高中也會繼續跑吧？」要不要升高中我沒想過。但是，我不希望今天是最後一次跑步。

我卯足全力趁著現在加快速度。但是，不管再怎麼試著加快腳步，振作起來，還是不能像剛開始跑時那樣引擎全開，最後一道上坡之前還是沒能追上。想不到折返點附近的聲援也很多，再次打亂了比賽。在眾人加油打氣下，前面的兩人又提高了速度。絕不能輸！我再度瞪視前面跑者的背心。就在這時候，一個熟悉的聲音響起，聽過無數次的台詞鑽進我的耳朵。

「大田，你做得到！」

是小野田。小野田在路邊大聲吶喊，一面用力揮手。

「因為你本來就做得到！快跑！」

小野田喊得像個傻瓜，就像老師們千篇一律的話。但是，小野田說的有點不一樣。不是「其實你做得到」，而是「本來就做得到」。

二郎和渡部都是小野田班上的學生，可是小野田卻選了這裡來為我加油。

「哦——！」

我大吼一聲。這不是我實力的極限，我還能跑得更快、更快。雖然兩腳好像快斷了，但我還是把身體往前撲似的快跑，就這樣拿下第三名選手。小野田的聲音再次響起，他到底是用了多大的嗓門？但是，在那個聲音的助威下，我又再加速。

我想回應，回應小野田的聲音，回應給我這個機會的桝井，回應把彩帶交給我的設樂。然後，把彩帶繫在二郎身上。

我的腦中一片空白。氧氣不足了，不過，沒關係。還有兩個人。第一名那傢伙已經不見了，但第二名再快一點就能追上。我絕對要追過。

最後五十公尺是下坡，能清楚看見終點位置。接力站有個跟我同樣髮型的傢伙。

「正式比賽，這麼做很正常吧？為了節省一點空氣阻力。」

今早二郎說的話，跟我心裡想好的藉口一模一樣。不是因為金髮沒辦法出賽，也不是我想裝乖，只是為了加快速度才剃的髮。我本來就打算這麼說了。可是，二郎先搶了話，我也只能點頭贊同。

剃成一顆光頭的二郎已經伸出手來。沒錯，帶子就是要交到那隻手上。

我再度大吼一聲，直撲向前，拿下前面那傢伙。

見到第一名跑者，接力站沸騰起來。果如預測，是加瀨南中。我聽到「大會區段新記錄」的聲音。果然速度超快。在他後面，應該會有幾多西中、幾多中和加瀨中的選手追到吧。再後面才是包含大田的幾個學校一組一起回來。

然而，一直看不到第二名選手。沒料到二區的差距拉得這麼開。加瀨南的實力超出預期的強，第一名和第二名差這麼多的話，大田所在的五、六名會在哪裡呢？跟前面跑者差這麼多的話，到時候很難趕。正這麼尋思時，我卻看到了不可思議的景象。怎麼可能會有這種事！我再次定睛一看，大田出現在遠處。他一邊尖叫，哦，不！是一邊吼叫一邊跑。

「二郎、二郎。」

大田咬牙切齒地往我這邊跑來，鼻水和淚水都流出來了。

我也大叫：「這裡這裡，最後衝刺！」

「二郎，交給你了！」

大田既像嘶吼又像祈禱般的聲音，透過彩帶重重的響起。

「哦！」

我緊緊接過彩帶。絕不可以掉以輕心，因為後面三名跑者馬上就到了。我卯足勁邁出步伐。

1

仲田真二郎。

雖然大家都叫我二郎，但這才是我的名字。自我懂事以來，從來沒有人叫我仲田，或是真二郎。先來說說仲田，鄉下這個地方同姓的人多，其中仲田是最熱門姓氏第一名，光是國中就有八人。因為有點麻煩，所以大家都不以姓來稱呼。接著再說到名字。我的名字較長，所以照理說會取前面的「真」作為綽號，用「小真」來叫我，可是幼稚園有個同學叫「信司」，獨占了「小信」*這個綽號。而且那孩子個子嬌小又可愛，怎麼看都比較適合「小信」這名字，所以我也只好放棄了。

就因為種種因素，我的綽號成了二郎。從小學一年級到國中三年級，別說是同學、學長，每年級的級任老師，甚至連我幾乎沒見過的保健室老師，都叫我二郎。

「二郎，有事跟你商量，今天能不能來學校一趟？」

國中最後一次籃球大賽結束的第二天，導師小野田打電話到家裡來。反省自己最近的言行，我應該沒做什麼錯事。而且小野田的口氣溫和，也就是說，他不是要訓話，而是有事相求。

我從小學的開始就是有求必應，受人委託的次數總是高居全班之冠。「二郎好相處，真是好助手。」歷任的導師都這麼喜歡我。

現在我也擔任學生會書記，但這職務卻不是選出來的。

去年年底，學生會顧問宮原老師跟我說：「只有書記不用票選，就二郎你當吧。」

可是，就算我是學生會幹部，也不願意乖乖就這麼答應。而且，當我面露難色，說書記的工作好像很麻煩，卻被學生輔導主任織田大罵：「二郎你說啥？少在那裡發牢騷，叫你做就做！」市野國中雖然是個小學校，但三年級也有五十二人。把五十二分之一的我叫出去發脾氣，實在很誇張。但我還是接下來了。

「有人拜託不可拒絕」是我媽的家訓。別人願意請你幫忙應該感恩。從小我媽就不

＊譯注：真與信同音。

斷耳提面命，所以我的人生一直有這種感覺。從「二郎，發一下講義」、「咦，今天值日生一個人缺席，那就拜託二郎吧」之類的雜務，到「拜託，沒有人想當班長嗎？那，二郎，你來」等等狀況。雖然我覺得麻煩，但我知道不論什麼任務，執行本身都有其意義。而且拒絕的話，別人會再來拜託，也很麻煩。現在除了學生會書記之外，我也負責班上指揮和司儀的職務，在籃球社也擔任隊長。每一個工作都是周圍的人起鬨「二郎你做啦」的結果。

我騎著腳踏車到了學校，被帶到會議室。

「哦，還開冷氣耶。」

「是啊，很奢侈吧。」

小野田笑咪咪的說。鐵定是有事相求。

「二郎，你坐嘛。」

「好。」

「夏季大賽，辛苦了。真可惜哦。」

我們籃球社第二回合輸了球，沒辦法再晉級下一輪。我們三年級就此退出，之後應該開始準備大考了，不過還沒有認真開始念書。

「有事想要拜託你，不過應該說，這件事非你不可。」

小野田一邊說時，竟還拿出了麥茶。相當ＶＩＰ的待遇。葫蘆裡在賣什麼藥啊？什麼事重要到暑假還把我叫出來？難不成是第二學期開始，就要把全班氣氛轉變為考生模式，所以叫我做點安排；還是棒球社社長村野在大賽中敗北，心情不好，所以叫我幫他打打氣之類。

「老師，究竟什麼事？」

我把麥茶一口氣喝乾。就算不這麼吊胃口，我大致也會ＯＫ，所以希望他能快點說。大賽已經結束了，早點把事情定下來，中午我就可以出去玩。

「你知道驛傳得六個人跑吧？」

「嗯嗯。」

「然而，今年田徑社跑長距離的社員，二、三年級合起來只有三個人，人手不足。」

怎麼會聊起天來了呢？心裡想著還是快點把重點說了比較好，但仍然問道：

「真的？短距離的岡下不跑嗎？」

「岡下或城田跑短距離，所以他們不太能跑長跑。跑驛傳得有耐力，否則跑不來。」

「是哦。不過，跑驛傳也並不只有田徑社的人才能參加，別人來跑也行吧。」

每年的驛傳大賽，田徑社之外的選手也都很活躍，今年應該也是如此吧。我不關己事的說著。

「是啊。所以，二郎，你想不想去跑？」

「啥？」

小野田空穴來風的一句話，令我瞪大眼睛。

「你跑的速度也相當快嘛。」

「沒有沒有，一堆人都跑得比我快咧。」

我的運動神經雖然還不錯，但跑步方面卻只是一般。光是三年級，就有好幾個跑得比我快，對小野田的提議我堅決的搖搖頭。

「可是，你不是經常在運動會或校內田徑賽時幫請假的人代跑嗎？」

「那也不是因為我跑得快，而是因為只有我叫得動吧。」

我總是代替缺席的人做各種亂七八糟的事，但是並不是因為我才華洋溢，而是因為別人臨時拜託，我不好拒絕。

「難道，二郎你不願意？」

這麼顯而易見的事，小野田卻歪著頭問我。

「一般都不願意吧。」

「為什麼？參加驛傳是件很光榮的事啊。」

「所以才傷腦筋啊。我不想去參加後拖累了其他人。」

對，驛傳這回事，不是像平常那樣隨便答應就行。驛傳是全校動員的活動，每年都會晉級全縣大賽。若是速度不快的我加入後，成績無法晉級，就是一個大問題了。而且放學後和暑假都要練習也很麻煩。

「別把那些放在心上，單純的跑跑不是很好嗎？」

「不可能不在意。總之，驛傳我不可能參加。」

「你說真的？」

小野田直視著我的臉。

「嗯，確實不太想。」

「不論如何都不願意嗎？」

「當然啦。你也知道，跑驛傳很累。」

「是嗎？你說的也沒錯啦。好吧。」

小野田肩膀垂下來，大大嘆了一口氣。就在這當下，我感覺很糟。原來拒絕別人是這麼不舒服啊。我不禁有種衝動，想握住小野田的手說：「好啦好啦，我答應。」但是，答應之後，跑步的成績並不會變好，搞不好還會讓事態變得更惡劣。我像要斬斷自己搖擺不定的心思般，快速閃出會議室。

有點傷感又有點苦澀的紛亂心思，直到回家後還沒有消除。小野田失望的臉慘不忍睹，我無法忍受他露出期待落空，轉變成失望的表情。今天本來想到河邊去玩耍，結果什麼事也提不起勁。這種時候只能抱頭大睡。睡覺是消除心情不順遂最有效的方法。決定之後，我打開電風扇睡覺去了。直到傍晚，母親把我搖醒。

「起來，真二郎。聽說你說話嫌東嫌西的？」

這鎮上，只有我媽不叫我二郎。

「什麼？」

「還什麼咧。你們導師打電話到我辦公室來。」

剛睡醒，腦袋迷迷糊糊的，我感到大失所望。小野田那傢伙明明很有雅量的接受，為什麼又跟我媽說呢？這不是告密嗎！

「沒有嫌東嫌西，老師叫我參加驛傳，我只是告訴他不可能而已。」

「不可能？你以為你是誰啊。」母親一臉吃驚的說。

「我沒以為我是誰，我這種貨色去參加只會連累他們吧。我有自知之明，所以才拒絕的。」

「老師知道你是什麼貨色才來拜託你呀。除了真二郎，沒有人能拜託了。」

「我想也是。」

我咕嚕咕嚕的喝了冷水。想必小野田和田徑社的人，也都到處求請、拜託過岡下、城田和其他能跑的人。他們想得到的同學都不願意接手，所以到了最後，才以不會拒絕的理由找到我這裡來。

「明知這樣你還拒絕，真是笨蛋。」

老媽雖然生氣，但仍開始忙起自己的事。她擔任家長會副會長一職，好像必須把這次家長會合唱團要唱的歌，按參加人數燒成ＣＤ。從早到晚工作了一整天，但她總是接下學校或地區幹部的差事。

「真二郎是最後的堡壘啊。」

「嗯。」

「到底明白了沒有？你後面沒有別人了。」

聽到老媽尖銳的口氣，我的心頭又紛亂起來。別人並不是看出我的天賦，只是因為無路可走，才來找我商量。這絕非值得高興的事。然而，若是我拒絕就等於驛傳跑不成了。

「明天早上七點在校門口集合。」

「什麼？」

「我是說，明天早上七點要集合，所以六點就要起床哦。」

小野田那混蛋。他早算好我會答應。

「好不容易退出籃球社，不用晨練了，結果現在媽媽又得一大早準備早飯。」

媽媽抱怨了一會兒，又開始整理起ＣＤ。

2

「哦哦，我就知道二郎一定會來！」

第二天，被母親叫醒，帶著還半夢半醒的腦袋來到學校，栴井上前給我個大大的擁抱。

「二郎能來太好了。」

我們既不同班，也沒有什麼好交情，可是設樂也露出了喜悅的神情。這種感覺好極了，讓別人開心自己也開心。任勞任怨答應各種差事，就會有這種優惠。何況我並沒有那麼討厭跑步。這樣也好，我立刻轉為好心情。我這個人單純得連自己都驚訝。

但是，一看到到齊的團員，我大吃一驚。小混混大田在列也就罷了，連那個渡部也在。壓根沒料到管樂社的渡部會來參加驛傳。我什麼都行，但唯一頭痛的人物，就是他，渡部。

至今為止，我和渡部有幾次對戰的機會，我總是輸。

第一次是五月的合唱比賽。一如所料，班上找不到人願意在合唱比賽當指揮，所以這差事又輪到我頭上。我已經連當了三年指揮了。

「好啊，我當。」
就在我一如往常的順從同意，班上響起掌聲時，有人表示反對。接下大家不想做的差事卻被反對，這還是頭一回，我有點不知所措。反對的人是渡部。
「為什麼要二郎當指揮？二郎又沒有音樂才華。」
「那你來當啊。」我沒好氣的說。
然而渡部神氣似的回答：「我不行，因為我歌唱得好。如果我當了指揮，而不能合唱就太可惜了。」
想當然耳，大家紛紛發出批評的聲音。然而，渡部毫不在意，冷靜的勸說全班：
「這是國中最後一次合唱比賽，你們也想贏吧。」
每年的三年級都會為國中最後一次合唱比賽而熱烈投入。大家為了拿到第一名全都決定拚盡全力。
「去年，二郎那班就是在二郎指揮下輸的。歌曲唱得明明還不壞，但合唱與指揮的一體感，也納入審查的給分標準中。指揮與歌唱若是各自為政，不論唱得多動聽，都不可能贏得比賽。」
「原來如此。」同學對渡部的分析開始點頭認同。管樂社的渡部最後大獲全勝。女生們眼中閃著「我們要贏」、「絕對要拿冠軍」的光芒，大家也都贊同這個目標，此後就成了渡部的個人秀了。

渡部指名小茜擔任指揮，而我只好沮喪的讓出指揮寶座。

第二次輸是因為小茜。我從小學時候就很喜歡小茜。小茜人見人愛，又是女籃社的社長，開朗又可愛。升上三年級，在最後大賽前，我向小茜告白：「我喜歡你很久了。」但抱著決一死戰的我得到的回應卻是：「大家對我來說都一樣啊。」

「不論是二郎、小山和鈴木，大家都是好朋友，所以我沒辦法只喜歡你一個人。」

「哦，你說的也對。」

我傻傻的接受了。小茜跟每個人都是好朋友，不論文靜還是好動的同學，她都一視同仁。連那個大田，看到小茜也只會傻笑。

「這麼說，小茜，你心裡沒有喜歡的人嗎？」

「有個人讓我滿好奇的。」

「誰誰誰？」

雖然覺得自己低級，但還是忍不住問小茜。

「就是渡部。他不太愛說話，感覺很神奇嘛。所以很想多了解他。」

小茜感興趣的對象，就是我最難應付的人——渡部。渡部不管跟誰都處不好。很少笑，總是斜眼看人。一開口就說些讓人似懂非懂的話。總是若有所思的表情，不知道他在想些什麼。這些竟然成了他的優勢！這世界一定是哪裡出了問題。

因為這種種因素，我總是輸給渡部。但是這些事我並不放在心上。

我在意的是渡部不喜歡我。渡部隨時都看我不順眼，對我抱怨連連。我以前從來沒有像這樣被人討厭過。而且我自己也沒有討厭的人。所以，對渡部的態度有些惴惴不安。

「今天是野外跑。暑假時我們都跑校外。這時還不熱，早上人車都少，跑起來很舒服哦。」

我把渡部在列的事丟一邊，聽到桝井爽朗的說明，便覺得似乎有件非常快樂的事即將展開。

「好棒哦，開始跑吧！」

「好極了。二郎今天是第一天，輕鬆跑就行了。」

「哦。」

桝井領頭，我們朝校外衝了出去。太陽還沒發威前的清晨，跑起來的確舒服。渡部只朝我瞥了一眼，這次，他沒說什麼。沒錯。如果少了我，市野國中的驛傳就不能成隊，我獨自領會這點後，加快速度。

3

暑假結束的那週星期六，我去參加了記錄會。沒在田徑場跑過的我，光是離開校園就興奮莫名。

「感覺好像去遠足哦。」

我坐進小巴，心情亢奮。但渡部立刻潑了我一盆冷水：

「你這傢伙真悠哉。來到這裡就能放開一切，真叫人羨慕。」

只要我說什麼，他就跟我唱反調。

「別這樣別這樣，總之，大家愉快的出發吧。」

桝井莫可奈何的看著我和渡部。他說得沒錯，任何事都要快樂的去做。我不理渡部，在座位坐下。

巴士一開動，設樂便開始看起記錄以前練習和跑步成果的筆記。二年級的俊介從袋子裡拿出長跑用的運動鞋，開始整理。大家對長跑都比我熟。

「二郎，你是第一次參加記錄會吧？」

桝井一屁股坐到我隔壁。

「嗯。但是，我參加過很多種項目哦，像運動會或是校內的田徑賽。」

不能讓桝井為我擔心。我一一羅列出自己的經驗，但渡部從後面的座位咕噥：「那些根本不值得炫耀。」這傢伙耳朵尖得令人佩服。

「不論什麼事，累積經驗就很了不起了。可是，記錄會與運動會不一樣，不是單純的賽跑。因為一開始衝太快，之後會很吃力。」

桝井閃過渡部的話對我說。

「哦，這樣啊。」

「今天不是為了勝過大家，重點在要了解自己能以什麼樣的速度跑完三公里。」

「哦。」

「不要被周圍的人壓倒，盡可能掌握住自己如何配速來跑比較輕鬆。」

「我知道了。」

與我所知道的校內比賽完全不同。第一次熱身賽令我心裡怦怦跳。

「可是，只要跑得開心就行了。跟其他學校的選手一起跑很好玩，而且四百公尺跑道也很舒服哦，跟學校窄小的兩百公尺跑道很不一樣。」

可能是察覺到我的緊張，桝井輕鬆的說。

「好，沒問題。」

驛傳大賽比我預想的更平穩的朝我們接近，不能光靠興奮或心血來潮來跑。我堅定地點點頭。

記錄會是用成績來分組。我被排進最慢的第四組。渡部雖然比我快，但因為是初次參加，所以也是第四組。渡部明明和我一樣都在烈日下練跑，但幾乎沒有曬黑。皮膚蒼白、幽然佇立的渡部，看起來一點也不像即將開跑的小子。

「彼此加油吧。」

我對渡部叫道。並肩等待開跑的時刻，彼此敵視也沒什麼意義。

「二郎當真要跑啊？」

渡部的眼睛沒看我，而是看著前方說。

「什麼意思？」

「沒事。我只是說，別人委託的事，你總是認真去做。」

「你不也是要跑？」

「我是自己選了該做的事，並不是什麼事都做。」渡部開門見山的說。

渡部平時只做自己份內的事，他會參加驛傳可以用不可思議來形容。渡部這種性格會比輕易承諾的我好嗎？「有人拜託你都不拒絕的哦」、「欸，也不是什麼事都做才好吧」……渡部這種直截了當的評斷，常常令我有種被戳中要害的感覺。

正當我在調整混亂心情，聽到「選手就位」的聲音。現在沒有餘暇思考這種瑣事。切換、切換，我深呼吸結束的同時，起跑的槍聲響起。

桝井說得沒錯。第四組大都是還不熟長跑的選手，所以一開跑時，就以短跑的氣勢衝出。但是，這時候絕不能跟上，必須按自己的跑法跑。我這麼提醒自己時，突然腦袋一片混亂。我不知道什麼是自己的跑法呀。就算跟其他人漸漸拉開了距離，我也不知道是周圍的人步調太快，還是自己太慢。我極力回想在野外跑的狀態，但是跑的時候無法順暢思考。而渡部早已把我丟開，輕快的揚長而去了。果然是不受周圍任何影響的渡部個人跑法。我也要用自己的跑法跑才行，但儘管如此，我還是一直抓不到配速。眼看著只剩一公里，我落到最慢的團體裡。

「二郎，從這裡開始放開全力！」

剩下最後兩圈時，我聽見桝井的大喊。

從這裡開始放開全力。這句話我就懂了。總之，可以把力氣完全放出來跑了。我盡情的跑起來。力氣還剩下很多，很輕鬆的加快了速度。我以這股氣勢從團體衝出，把五個人甩掉。可是一開始落後的差距無法彌補，到終點時名次剛好在正中間，記錄十一分整。

「二郎，辛苦了。」

在我跑完後，桝井快跑到身邊來。

「好像剛開始壓抑過度了。」

我在終點線旁癱軟在地。最後不顧一切的追趕，所以呼吸整個亂掉。

「先前我可能跟你說太多了。」

「桝井，不是你的錯，是我完全不清楚自己的速度怎麼樣。」

「才剛開始嘛，都是這樣。不過二郎，你比自己想的還有實力哦。」

桝井雖這麼說，但他在第一組的比賽中拿到第十二名，比我快一分鐘以上。我雖然不懂桝井的跑法，但是，對桝井來說應該也不是可以接受的結果。然而，現在他是用什麼樣的心情在鼓勵我呢？

「真不好意思欸。」

「你不要這麼想啦。」

「我真的是個大外行。」

「才剛開始當然會這樣。今天你只要對配速有一點大略印象就行了。」

桝井笑著說。他的臉上真的掛著笑容，看不出笑容背後是什麼心情。

「是哦……好，繼續努力吧。啊，老師，你看我怎麼樣？」

接下來才是重點，反正就是切換再切換。我站起來看到上原，於是叫她。

「什麼怎麼樣？」

「今天的跑步。」

應該聽聽顧問的建議。籃球社的比賽後，通常不只是自隊的顧問，連對戰對手的顧問，也都會給我們建議。

「這樣啊……跑得很有精神，好極了。」上原稍微思索後，如此回答。

「真的嗎？」
「嗯，尤其是後半段很強勁。」
「是哦，這樣就好了。」
「照這步調再加油。」
「好。3Q～」
我十分滿足於這樣的讚美，卻聽到渡部咂舌的聲音。
「二郎，你幹嘛問那個人啊？」
「哪個人？」
「就上原啊。」
「嗄？可是她是田徑社顧問啊。」
「就算是顧問，那人也是一問三不知。」
「的確好像是……」
「還說咧，二郎，你真悠哉啊。跑得很有精神？這算什麼評語，又不是在獎勵幼稚園小朋友。這種建議一點助益都沒有。」
渡部雖然繃著臉，但「跑得很有精神」的評語，對我已經很足夠了。

4

記錄會的結果不盡理想，而且現在我又是隊裡跑最慢的。我比以往投入更多精神，勤勉練習。雖然不可能跑得比大家快，但至少我希望能接近某個程度。既然接下這任務，若是害得其他人最後沒晉級的話，我難辭其咎。

從記錄會的第二天開始，驛傳練習之後，慢跑校舍一圈加上肌力訓練成了我每天的例行公事。本來還想操得更凶一點，但桝井提醒我身體的休息也很重要，所以利用舒緩的訓練計畫表忍耐下來。桝井和我一樣既開朗又風趣，但他說的話卻特別有說服力。可能因為是社長吧，他總是以令人訝異的細心觀察著我們。因為這個緣故，我對桝井完全順服。

「二郎很拚嘛。」

送大家放學之後，小野田走到操場一角，來看我做肌力訓練。

「應該啦。速度一直快不起來。」

我邊練腹肌邊回答。桝井叫我不要一味練跑，一時不知該做什麼好時，設樂很委婉的教我「多鍛鍊軀幹就能跑得穩定」。別看設樂弱不禁風的樣子，他對跑步的了解贏過我好幾倍。

「二郎加入，全隊也一片光明啊。」

小野田不在意弄髒褲子，坐在我旁邊。

「哪算一片光明。我加入只是湊齊隊員罷了。我是全隊的死穴。」

做完二十次腹肌，接著換背肌。我把俯臥的身體轉過來。

「驛傳又不是只靠速度就能比賽。」

「但是，這不是參加即是榮譽的那種差事。」

我了解到驛傳不能光靠練習，它不是那麼簡單的事。雖然我做過學生會書記、班長和股長等很多工作，但都與這一次不同。有人在前頭等著你，是一件非常可怕的事。大家一起傳遞一樣東西，有著難以想像的沉重壓力。憑著從前什麼都可以做做看的熱忱，是無法撐過驛傳比賽的。

「別太鑽牛角尖。」小野田在我背後說。

「我知道。」

可喜的是，我想事情從來不會鑽牛角尖。所以，還是能開朗的帶著比大家差的成績，參加每日的練習。

「因為盡情享受就是二郎的優點啊。」

「嗯。老師也很辛苦啊。」

小野田的鼓勵，讓我忍不住低聲說。

為了招兵買馬，連我都叫來參加。本以為驛傳練習可以順利展開，卻沒想到我的速度比小混混大田和怪胎渡部都還慢。害他必須擔心自己班上的頭痛學生。

「辛苦什麼？」

「很多啊，各種因素。」

「是嗎？也對。一大早就要拉開嗓門講課，帶領社團，相當耗費體力呢。」

小野田會錯意的同意之後，看著又把身體翻成仰躺練腹肌的我說：

「反正不論是驛傳還是別的，只要二郎加入，就能朝著光明的大道前進，我也可以放心了。」

光明的大道？呃，這算是一場快樂的誤會吧。反正令周圍的人開朗快樂，是我的絕技。

「是啊，帶動氣氛的高手要再加把勁才行。」

我字字清晰的說出來後，開始最後一節的腹肌訓練。

5

第二次記錄會是十分五十八秒，第三次是十分五十五秒。而今天最後一次記錄會，跑出十分四十三秒。雖然不多，但每次的記錄一直在進步。離正式比賽還有兩星期，總算現在跑的狀況，已經不會丟驛傳團員的臉了。與此同時，我漸漸愛上了跑步。運動本來就合乎我的性格，而且每天有事可做是件好事。如果沒參加驛傳的話，退出社團後應該會很無聊吧。天天不是上課就是考試也太過分了。

「好好，大家都辛苦了。今天也跑得相當不錯哦。」

我們在帳棚中休息時，老媽又來了。熱愛學校活動的她，不論是體育節或合唱比賽，甚至練習賽都會來加油。

「哎喲，我不是說過，這只是記錄會，你不用來啦。」

儘管我皺起眉頭，但老媽根本沒放在心上，大剌剌的把冰桶放在帳棚中。

「有什麼關係嘛。難得兒子有參加。你說對吧，老師？」

「就是說啊。謝謝您每次都來。」

上原給媽媽戴了頂高帽，她更得意了。我的臉也越來越臭。

「其實我也叫你爸一起來的，可是他說正式比賽時再來就好，又跑去睡覺了。真的很不會做人耶。來，喝吧喝吧。」

老媽俐落的在紙杯裡倒入寶礦力，分給大家。

記錄會中午結束，所以，我們在田徑場簡單吃了午飯才回家。每次媽媽都會帶了大量食物來慰勞。

「老師也喝嘛。老師，喝這個好了。熱茶。」

「謝謝，連我都想到了。」

上原接過綠茶，老實的點頭道謝。

「那是當然的啦。因為孩子多虧你照顧嘛。啊，等一下，你這孩子，怎麼又在眉毛上搞花樣。」

老媽粗魯的把大田的瀏海撥開。

「沒有啦。」

「還說沒有，比以前更少了不是嗎？」

「心理作用、心理作用。」

平常凶狠的大田在別人母親面前竟然變弱雞，他慌張的用手遮住眉毛。

「才不是心理作用呢。你把眉毛剃成那樣，怎麼看都像平安時代的人欸。對吧，老師。好了啦，別摸了。」

從老媽的眼光來看，大田跟我一樣都是國中生，都可以挑毛病。做母親的真強大。

「我知道了啦。」大田不情不願的點點頭。
「全是需要費心費力的孩子，老師一定很辛苦吧。哦，對對，我還帶了蜂蜜醃檸檬。」
分完寶礦力之後，老媽接著又拿出保鮮盒。
「哦，我最愛吃伯母做的蜂蜜檸檬。」
俊介右手握著「卡路里良伴」，用左手捏了一片蜂蜜檸檬。
「這真好吃，清涼又順口。」
「謝謝。」桝井也拿了一片檸檬。
老媽的雞婆讓我困窘，但看到大家吃得津津有味，做兒子的也放心了。
「喂，你給我吃別人的兩倍，好讓眉毛早點長出來。」
老媽不由分說的塞了一片檸檬到大田嘴裡。
「等一下，很酸耶。啊，拜託。讓我自己吃啦。」
嘴裡被塞滿了檸檬，大田瞇起了眼睛。
「你不吃哦？」老媽也招呼渡部。
渡部沒進帳棚，坐在距離我們稍遠的地方打開便當。不論是熱身賽或是記錄會，只要到了吃午飯時，渡部就會跟我們保持距離。他帶來的便當水準相當好，跟我們這些吃卡路里良伴、威德in果凍、香蕉和飯糰等馬虎食物的人不同，渡部總是帶了道地的便當。

「不用了。」渡部搖搖頭。

「不好意思吃哦？」老媽大嗓門的說。

但渡部再次婉拒：「不，我不用。」

以前我請他吃的時候，渡部也沒吃。可能覺得我家的蜂蜜檸檬不是可以吃的食物。

「那傢伙是好人家的少爺，這種土裡土氣的食物，他不吃啦。」

「小子，你不要對別人的事隨便下定論。」

聽我說話酸溜溜的，老媽突然大力拍我的頭。

「你幹嘛啦，人都給你打笨了。」

「還好意思說咧。你已經夠笨了，不會變得更笨。」

「這話什麼意思？」

聽我們母子一來一往，大家都大笑起來，連大田的嘴角都往上揚。

幸好加入了驛傳。果然，跟大家一起同甘共苦是最快樂的事。我頂回去說：「笨蛋是遺傳的。」然後也呵呵傻笑起來。

6

終於，驛傳大賽就是明天了。在參賽前一天，學校舉行了打氣會。社長桝井道出了參加比賽的氣魄，校長和學生代表也致詞感謝。去年我還屬於打氣的一方，今天卻站在大家面前。我感覺身體好像倏地緊繃了起來。

期待明天有最完美的表現。大家一起為你們加油。你們是我們學校之光。這些話振奮了我。剛開始雖然因為責任重大而拒絕，但幸好答應了。受人期待並不是壞事。心裡正這麼想時，突然大田開始躁動。他的腳往出口走去。打氣會還沒結束呢，他在幹什麼！

「大田，還沒完呢。」

桝井去叫他，卻被大田喝道：「別管我！」到底怎麼了，發生什麼事？大家安靜的在進行打氣會，應該沒有惹到大田的地方啊。然而，大田的火氣卻越燒越旺，聲音也拉高了分貝。桝井的安撫，小野田的阻止都被他甩開，他用力大聲喊叫。

我看著眼前莫名其妙的狀態，可是當大田「無聊」、「誰受得了」、「不想跑了！」的話鑽進耳朵裡時，我心中也沸騰起來。有沒有搞錯啊！我這個跑最慢、能力又差的，都想好好跑一次了，你大田說什麼玩意兒啊！為什麼吵著不想跑？最重要的是，現在這個場合，哪是你耍任性的時候？不能因為你是大田，就得什麼都讓著你。

「你想怎麼樣我不管，但可不可以別鬧了！」

一回神，才發現自己說了這句話。

「啥？」

「我叫你別現在才在吵著放棄，在這兒瞎胡鬧！」

「你想幹嘛？」

大田把身體轉向我。眼睛紅通通的布滿血絲。可是，奇妙的是，看著他走過來，我卻一點都不害怕。在我眼中，他只是個任性吵鬧的傢伙。

「小子，我有哪裡惹到你嗎？」

大田明知故問。

「當然有。你若是胡鬧，會連累到我們。」

「臭小子，你以為你是誰啊？」

大田抓住我的領口，跟別人從未起過口角的我，更從來沒被人抓過領口。然而，這時卻覺得不痛不癢。為什麼現在會說這些話呢？因為我腦中只有一個想法，那就是明天大家絕對要一起跑。

「練了這麼久了現在還吵什麼吵啊。明天就要比賽了。你給我精神繃緊點！練到現在卻不能參加驛傳，簡直是開玩笑。若是真的演變成那樣，我們辛苦的一切全都化為烏有。」我直直的瞪著大田，大田瞇細了眼睛，似乎正猜測著我的表情時，突然丟下一句：「我受夠了！」便跑出體育館。

我沒有做錯，只是說了該說的話而已。但是大田跑走之後，我不由得感覺前面吹來陣陣冷風。

打氣會結束後，我們驛傳團員留在體育館集合。

「在大家面前對他說那種話，大田學長當然只好離開。」俊介迸出這句話。

上原也說：「因為大田的自尊心特別強。」

拜託，難道是我的錯嗎？大田跑出去是我害的？

「可惜大田都努力到現在了。」

小野田一臉擔心的走近，也插話進來。

「二郎說的話很有道理，可是現在重要的是能不能出賽。大田如果故意放棄，那就糟糕了。」

桝井也苦著臉。連桝井都這麼說我，我真的快昏倒。大家的意見總結來說，大田已經這麼努力練跑了，不需要為一點小錯就責怪他吧？為什麼要毀了他的努力呢？

那些傢伙逃課、打架，也不想守規矩。這種事睜一眼閉一眼的過了。只要稍微認真一點就大大讚賞。這是國中的規則。好好先生的我只要閉嘴，做該做的事就好了。是這樣嗎？難得好脾氣的我也有豁出去的衝動。很想不假思索的說幾句粗話。

「你們都是笨蛋嗎？」就在這時，耳邊響起渡部冷冷的聲音，「簡直笨得令我想吐。二郎說的話百分之百正確吧？為什麼要指責他？這裡是什麼地方？是學校吧？討好強勢的學生有那麼重要嗎？」

渡部生氣的說著。大家都噤口不語。彼此都不敢和別人視線相對。空氣窒悶，體育館裡幾乎難以呼吸。

「有道理，對吧。渡部說的確實有理。別說這些了，先練習吧。今天跑一次一千，然後結束。明天就是比賽了哦，明天。」

上原拍拍手有意改變一下氣氛，一面高聲說。但是，對心情大受影響的我們而言，那些話都只成了耳邊風。

「做些現在能做的事吧。在這裡唉聲嘆氣也沒用。」上原樂觀的說。「對了對了，你們也別老待在體育館裡啊，我們還沒收拾呢。」小野田故意耍寶，但是沉重的氣氛依然不變。

恐怕最惡劣的情勢莫過於此，突然開了個天窗，卻馬上就要上場比賽了。不論我們能不能解決，明天都會比賽。只有這個事實不會改變。

「那、那個，大田會來的。」

設樂用快聽不見的聲音，對著靜默呆立的團員說。

「那種人沒有責任感啦。」

渡部反駁設樂的話。遺憾的是大家似乎都這麼想，沒有人提出異議。

「不是的，大田很喜歡跑步。」

設樂抬起頭，看著我們的眼睛說。

桝井要大家盡可能提起士氣來。俊介配合著振作精神，再加上上原亂七八糟的鼓勵一通，我們勉強跑了一次一千。儘管心裡充滿不安，但是所有人都假裝不在意，進行明天的最後檢查，然後什麼話也沒說，靜靜的解散。

「那個，謝啦。」走出校門，我主動對渡部開口。

「謝什麼？」

「謝你幫我說話。」

「那沒什麼啦。」

渡部把書包重新背好，繼續往前走。

「我很驚訝你會站在我這邊，幫我說話。」

「是哦？」

「不是嗎？你不是一直覺得我是眼中釘？」

這個人在裝傻嗎？我舉出渡部至今對我說過的過分言行。

「你這麼說也沒錯。」

「讓我覺得你何必老是這麼針對我。」

「其實我一看到你，就一肚子氣。」渡部直率的說。

竟然直截了當的向我攤牌，雖然心裡很清楚他看我不順眼，但是這也說得太露骨了吧。

「我有什麼令人討厭的地方嗎？」我誠惶誠恐的問。

「不是，我不是這個意思。該怎麼說呢……二郎，不論何時，別人交給你什麼差事，你都會答應吧？」

「是啊，這是我的習慣。」

「不是被叫去充人頭就是麻煩事。每次看到二郎你被隨便呼來喚去，我就一肚子氣。」

這麼說的話，渡部一定每天都生氣了。沒想到這種事會惹惱一個人。

「因為我是人來瘋嘛。」我抓抓頭。

「也對。不過，周圍那些人把它當成方便，什麼事都使喚你去做。二郎，你比別人多做了好幾倍麻煩事，老是吃悶虧，讓人看得火大。」

「什麼意思？你是在為我擔心嗎？」

我一問，渡部嘆了一口氣。「可是，你好像完全不覺得吃虧。」

「對啊，還好。」

「沒問題的啦。二郎。」

渡部停下腳步。

「什麼？」

「明天，不管大田來還是不來，都沒關係。」

大田如果不來，驛傳就開天窗了。我不懂這怎麼會沒關係。然而渡部斬釘截鐵的說：

「不管結果怎樣，你都是對的。」

渡部堅持我沒錯，這樣就足夠了。我的自尊心要彎成什麼形狀都行。說起來，國中生根本不需要自尊心。對任何狀況都能屈能伸，才叫真正的自尊。

我目送渡部離開後，又跑回學校。

「老師，耽誤你一下。」在教職員室門口，我招招手叫上原。

她訝異的看著我說：「咦，二郎，你還沒回去嗎？」

「嗯嗯，先說別的。老師今天要去家庭訪問吧？」

「嗄？去誰家？」

「你忘了呀。大田家啊。」

「那種事，不是該班導去嗎？」

聽到上原的話，我差點跌倒。

「不對、不對、不對。是你要去吧？因為驛傳的事，他剛回家。」

「是哦，那我去看看。」

「嗯，是天經地義嘛。」

「可是我去看他，大田會更加賭氣不想來。」

「但是，你若是不去，他絕對不會來。那傢伙正在等大家叫他吧。」

「的確，大田不斷使勁發射出『快來找我』的念力呢。好！那我去好了。」上原意氣高昂的說。

我趕緊提醒：「你要若無其事哦，若無其事的過去。」因為上原這個人，搞不好會對大田說：「你在等我對吧？我這不是來了嗎？」

「對了，啊，我該做點什麼功夫，好讓大田願意來？」

「願意來？」

「是啊，平息大田的怒氣，讓他轉念決定明天來跑。」

我和大家心裡都明白，大田是懷著什麼樣的心思脫下自己穿上的鎧甲；為自己無立足之地而苦惱，不知該用什麼態度面對，卻仍然加入我們這圈子；壓抑著羞赧和尷尬一起練習，甚而把驛傳當成精神的依靠。所以，我希望讓大田一定能參加，我也想和大田一起跑啊。

「對了，去王將吧。你想，那些小混混不是都愛吃拉麵嗎？帶他去王將請他吃碗拉麵，他就會來跑了吧。大田那小子很單純，吃飽了心情就會變好。」

「這好像是你的偏見吧？」

「是哦，還是不行嗎？」

我開始想下一招的時候，上原打斷了我：「二郎，這事不用你想啦。」

「什麼？」

「這種事就交給我吧。」

「交給老師你？沒問題吧？」

「嗯，我難得有機會出馬，而且我覺得這是我應盡的義務。」

我暗忖著，老師以前應該見過很多這種場面吧。於是點點頭說：「這樣啊。」

「明天就要比賽，你今天早點回家，好好睡一覺吧。」

「好。」

「為了這種事睡眠不足，可就得不償失了。」

「我知道。」

「二郎，謝謝你。」上原莞然一笑，說：「別擔心了。」

第二天，集合時間前五分鐘，大田來了。

果然不出所料。大田若是來，就是捨棄了自己身上的重擔後才來的，若是放不下，他就不會來了。之前我一直在猜他會怎麼決定。大田沒看我們一眼，只是瞇著眼睛，好像周圍很刺眼似的。大概是不曉得該做什麼表情才好吧。

「哦，大田。」

我摘下帽子，讓大田看看剃得跟他一樣光溜溜的頭。

7

從大田手上接過的彩帶很重。那一秒，我背負起超出我們份量的東西。對於一向任性胡來的大田來說，這次驛傳的意義十分重大。花在練習驛傳的時光，對大田而言，肯定是他唯一像個國中生的時候。不，這段時光還會繼續。我們會晉級到下一輪，至少，我要讓大田懷抱這個希望。

雖然定下這個志向，但跑出去不到五百公尺，我就被後面三個人追上。他們在記錄會上都比我快。跟這些選手一起跑至少不會殿後。我輕輕搖晃手臂，克制急躁的情緒。三區都是起伏平緩的路線，所以在此決勝負的學校也多。不過，配速千萬不能亂。

我想起桝井在比賽開始前說的話，一步一步往前邁進。追過我的選手們已經跑得很前面，但是，保持這樣就夠了。現在還在第五名，可以鎮定的繼續跑。現在的我了解自己的速率，與那時的大外行完全不同。千萬不可吃快捧破碗。必須謹慎的跑才行。這不是記錄會也不是熱身，而是正式比賽。

跑步的道路旁是廣闊的水田，下週可能有很多農家要收割了吧。等待收割的稻穗，反射著閃亮的陽光，好一幅美景。雖然有很多同學都說想早點離開鄉下，但我愛這塊土地。走兩步就有河就有山就有水田，四季都有不同的香味。我用力的吸了一口水田芬芳的氣息。

一公里點我以比熱身時快一成的速度通過，看來應該跑起來的配速很理想。但是，通過一公里後的緩坡時，我被後面群體趕上了。而轉過彎後要把姿勢調整回來時，卻在驚愕中被那個團體超越。

不管怎麼說我也太粗心了。超過我的團體有六個人，第二名接到的彩帶，現在已落後到十一名了。就算是謹守配速，但被甩到這麼後面，後面就別想跑了。我提高速度，想至少補償回來。然而，跑在前面的選手同樣也加快速度。若是再被他們拉開，後果不堪設想。我得再加把勁。不過，再怎麼加速也追不上。每個學校都是下定必勝決心才來的，跨越重重考驗的並不只有我們。與前面的距離已經超出我跑步能力的範圍，難以遏止因焦急和不安而跳得更快的心臟。

輸得這麼離譜，就算再多的道歉也沒用。想到大家拚命練習的身影，我幾乎快哭出來。設樂和大田傳給我的，卻被我搞砸了。兩人都跑出比熱身更好的成績，我卻把它浪費了。一想到這，真想逃走。所以，早知道就不該乖乖答應。

「岡下和城田他們是用什麼理由拒絕的？」

暑假結束，在高溫和嚴酷練習下快要累翻的我問桝井。我想知道大家都是用什麼理由成功的拒絕。

「我沒問岡下和城田。」

「真的嗎？因為他們都是跑短跑吧。那三宅和安岡呢？他們又怎麼說？」

「什麼怎麼說？」

桝井跟我做的是同一套練習，可是他卻能一臉無所謂的歪頭問我。即使盛夏，桝井還是清爽宜人，不禁懷疑他是否在身上裝了冷卻裝置。

「我是好奇他們怎麼拒絕跑驛傳的。三宅看起來懦弱，但到危急關頭時也會拒絕吧？」

如果當時勇敢一點拒絕的話，後面就不用吃這麼多苦頭了。拒絕只是一秒鐘，但接受之後就是一輩子的事。可能被高溫打敗，我有一點點後悔。

「三宅和安岡，我根本沒對他們提到驛傳。我叫了大田，叫了渡部，然後就是你，二郎。其他的人都沒拜託。」

「渡部之後就是我？」

渡部與我之間，還有好幾個腳程快的同學。我大吃一驚，本以為大家都拒絕了，枡井到處碰壁最後才來找我。

「為什麼找我？我又沒有跑得特別快。」

「一方面是覺得，二郎的話一定會義氣相挺。」

「但沒有人拒絕你們啊。」

「我剛才是這麼說的。」

「我是第三個？」

沒找別人直接來拜託我，這太奇怪了。我問了一次又一次，搞得枡井都笑出來。

「我都說幾遍了。」

「你那麼怕被拒絕嗎？竟然先來找我。」

「當然啦，我的確期望找你的話，你很容易就會點頭。但找你並不是因為這個原因。」

「那是什麼原因？」

找我來跑驛傳難道還有別的原因嗎？我盯著枡井的臉。

「嗯——因為你很歡樂，又開朗。你看，只要有你在，大家就幹勁十足。」

「這些因素跟跑步一點關係也沒有啊。」

「沒錯。但是，雖然我不太會形容，不過，原因在於你就是你。」

總是回答精準的桝井有些左支右絀，但他想講的話我明白。

高中、大學都是未來的世界，越往前走，我們越會待在與自己能力相當的環境吧。沒有能力但別人卻願意給你機會，或願意將有形力量以外的事物交託給你的，只有現在了。既不是因為速度，也不是因為強壯，現在，只因為我是我，所以來跑。

「二郎，加油！」

「還有一公里哦！」

「二郎，撐下去。這邊這邊。」

來到大馬路上，沿路支持的群眾爆滿。各種聲音傳到我耳裡。同學的聲音、籃球社學弟的聲音、好友們、爸爸媽媽的聲音，我都聽到了。

「二郎，加油，超過去！」

我也聽到小茜的呼喊。她雖然拒絕了我的告白，但還是來支持我。

「真二郎，聽見沒？你給我認真跑啦！」

當然，嗓門最大的那個是我老媽。

渡部說得沒錯，我並沒有吃虧。正因為像平常那樣答應下來，現在我才能站在這裡。我把全副精神專注在身體上，確認自己剩餘的力氣。可以。從這裡開始剩下不到一公里，就算加快速度我也跑得完。我要精神抖擻的跑完。像上原嘉勉我的那樣，卯足勁好好跑一場。我盯住跑在前面的團體，大力擺動手臂。

就在我跑得快要呼吸困難時，看見了在接力點的渡部。我唯一頭痛的對手，也是唯一擔心我的伙伴。他一定一面看著我，心裡焦急不安地在想：結果怎麼樣？跑不快還敢答應吧。不，他不會這麼想。只要我做我想做的事，渡部應該會支持我。

「二郎，很好啊，保持狀態，交給我！」

渡部一面揮手，一面喊叫。得快點把彩帶交到那隻手才行。我沒注意到自己已從團體中突圍，只是一心一意朝著渡部奔跑。

「交給你了！」

「收到！」

渡部快手接過帶子，立刻拔足急奔。這就沒問題了。當接力帶交到渡部手上時，我的身體和心驀地放鬆下來。

四區

二郎還是光芒四射。即使好幾個人爭先恐後的快跑，還是立刻看得到二郎的位置。即將跑完三公里的選手們個個面露疲色，散發著擠出最後一絲力氣的悲壯感。在這些人中只有二郎仍然神采奕奕的跑著。不論陽光從何處照射下來，都無法讓二郎身上出現陰影。

「交給你了！」

「收到！」

我接過彩帶，二郎的表情舒展開來。二郎真不愧是二郎，連對我這種人他都願意露出開心的表情。

1

〈鄉間騎士間奏曲〉，確實好聽。最近老師總讓我們練像是〈崖上的波妞〉啦、

〈世上唯一的花〉等流行曲管樂曲，但還是這種古典樂最能打動人心。

吹完一遍之後，聽到了掌聲。是桝井和俊介。桝井從第一學期結束開始，天天都來找我。

「不來跑嗎？」

我把薩克斯風放下時，兩人異口同聲說著固定的台詞。

「不要。」

「哎喲，跑啦。」俊介鼓起了腮幫子說。

儘管我一再拒絕，他們卻還是不厭其煩，天天做出相同的舉動。

「我不是說過了，管樂社十一月要參加音樂比賽，跟你們悠哉的體育社團不一樣，不會在夏天退出。」

「你可以邊參加管樂社邊練跑啊，這叫做一石兩鳥。」

俊介嘿嘿嘿的笑了。不知是因為他變化多端的表情，還是黑溜靈動的眼睛，只覺得升了一年級的俊介看起來還像個孩子。

「我不想多浪費體力。」

我邊整理薩克斯風邊說。暑假的社團時間只有上午，練習結束後，除了我之外其他社員都回家了。

「不會浪費啦。吹管樂不是也需要肺活量？練跑的話，對吹薩克斯風也有幫助，肯定會成為很好的鍛鍊。而且對你來說，跑跑步根本不算什麼嘛。」

桝井隨意拉出鋼琴的椅子坐下。他們兩人都才剛做完驛傳練習，汗衫和短褲都濕透了。

「跑步是不辛苦，但跑驛傳的是你們兩個、設樂和大田吧？」

「厲害吧？如果你能加入，就能變成超強陣容。」桝井得意洋洋的說。

「哪裡超強？」

「我是說渡部能跑的話，就會超強。因為田徑社的人之外，你的速度有絕對優勢。」

桝井說得沒錯，我跑得很快。不過，這是與生俱來的能力，我也沒辦法。

「驛傳並不是跑得快就好吧。」

「真的嗎？」俊介對我的反駁表示懷疑。

「虧你還是田徑社的，竟然不知道這個道理嗎？我不喜歡那些團員，跟他們沒有默契，所以不行。音樂或是其他都一樣，大家得心意相連才能贏得比賽。驛傳的話會更需要這種默契吧。」

「可是渡部學長獨來獨往，跟誰都沒有什麼交情吧？」

俊介老實不客氣的說出這句話，一臉不在乎的樣子。

「我只是覺得在這小小的市野國中，沒有我該心連心的對象。與自己合不來的人心連心，並沒有好處。」
桝井聽到我說的話，莞爾一笑。
「無所謂。就算心沒有連在一起，只要幫我們把彩帶聯繫在一起就行了。這是學校的活動，你就來參加嘛。」
「你們真的很纏人。」
「對，纏人。在你答應之前，這種狀況不會改變。」
桝井說完，俊介也幫腔說：「沒錯，沒錯。」
去年，當時的田徑社顧問滿田老師也來要我參加。他說，你的體態適合田徑，不好好發揮這種潛力多可惜。當然，我斷然拒絕了。我的身體長得適合田徑，又不是因為我要它長成這樣的，而且驛傳跟我的形象也不合。滿田討厭歪理，所以就在我滔滔不絕時，他丟下一句「你以為你是誰啊」，便放棄了。
「我要回家了。」
我把音樂室的桌子排整齊，暑假時，只要練習一結束，大家都跑得不見人影。所以桌椅亂七八糟。我也得早點回家，家裡做了午飯在等我。
桝井一邊幫忙關窗一邊說：
「其實你心裡明明想著，跑跑看應該不影響。」
「有嗎？」

「對你來說，跑步是件輕而易舉的事，可以借你之力嗎？」

「借我之力？」

「是啊。就算你討厭跑步，但幫助別人並不壞吧？」

桝井把最後一扇窗上鎖，向我合十說：「求求你了。」

有人求我的感覺還不錯。只是跑步的話，這種事易如反掌，幫個忙也無妨。可是，驛傳這種活動，老實說遜斃了。我在腦中想像著驛傳的景象，回道：「沒興趣。」驛傳混合著汗水、淚水和努力。

「那，我們明天再來。」

桝井這麼說完，大叫「肚子好餓」，拉著俊介一起出去了。

第二天，到了桝井他們出現的時間，上原出現在音樂室。

「渡部，吹得很上手嘛。」

上原一走進音樂室，也不管我還在吹薩克斯風就出聲說道。連桝井和俊介都會等音樂結束才說話，這女人真的很白目。

「有什麼事？」

我故意大大嘆了一口氣，把薩克斯風放下。

「渡部，你腳程很快吧？來跑驛傳嘛。」上原開門見山的說。

「真沒想到老師會來遊說我。」
「是哦？」
「老師，你不是美術老師嗎？就算是田徑社顧問，我以為你會比較了解文化社團的狀況。」我帶著嘲諷的口氣說。
「啊，我懂我懂。文化類社團不受重視。我常覺得中學校內還是運動至上主義。」
「的確如此。」
我雖然這麼說，但心裡也浮起了疑問。可能因為我是管樂社社員，所以從沒有想過它不受重視的問題。
「因為你看嘛，美術社動不動就廢社，但男子排球只有五個人還是繼續運轉。而且，參加運動比賽前還有打氣會，但音樂比賽前什麼都沒有。運動成績只要有新記錄就轟動全校，可是美術比賽就算拿了獎，大家也只是『哦、哦』就過去了。」
上原一一搬出兩者的差距。
「既然如此，你還來叫我跑驛傳，不是很奇怪嗎？」
「話是沒錯，不過，你去跑啦。」
「這什麼意思嘛。真是亂七八糟。」
這傢伙說的話，聽了也是白聽。我把薩克斯風收進箱子裡。
「果然很奇怪嗎？桝井說我的強項是美術，所以叫我用藝術家式的感覺給你壓迫感。沒想到這方法挺遜的。」

上原說著輕輕一笑。幹嘛自爆內幕呢？那應該是他們的祕密才對吧。我不知該如何是好，呆呆的看著上原的臉。不，不對，這傢伙是明知故犯，用的是先亮出自己的意圖，好讓對方敞開心胸的計謀。

「總之，我喜歡音樂勝過跑步。」

我才不會中這種計，立刻直接回絕。

「原來如此。不過，就像沒待過黑暗，就畫不出光。只在音樂中，是演奏不出真正的音樂。」

「這話什麼意思？」

上原沒頭沒腦冒出的話，令我皺起眉頭。

「所謂真正的藝術，並不是只從藝術中誕生的。只在音樂包圍中演奏出的音樂，打動不了任何人的心。我說得不對嗎？」

「不知道，可能是吧。」

「重點在於你能從別處吸收多少，又如何把它表現出來吧？所以，離開音樂去跑步。」

才剛覺得上原說的話好嚴肅，下一秒她就哈哈大笑起來。

「又怎麼了嘛？」

「沒事。我想學著藝術家的口吻來說話，結果聽起來好像冒牌貨，忍不住想笑。」

「那個，我沒什麼空耶。」

「抱歉、抱歉。不過，渡部，你也並沒有那麼熱愛音樂吧？」

上原抬頭看著我的臉，嬌小的她比我矮一個頭。

「這話什麼意思？」

「我只是覺得，你裝出對音樂很行的樣子，但別人回家後還得留下來努力練習，怕跟不上，實在很辛苦。」

「我不是為了跟上大家才練習，只是跟那些程度低的人一起吹會變遲鈍，所以我才一個人練習。」

薩克斯風比其他樂器容易學會，但相對的，技巧高低一吹即知。連別人不太在意的模糊地帶，我都特別鑽研。所以我只是在練習。

「跑步的話，就算不用偷練，也馬上能跑。」

「我又不是在偷練。」

這個女人到底在說什麼。我難得有點動氣了。

「那，渡部，我問你，什麼原因讓你對藝術產生喜愛？」

「嗄？」

「為什麼你那麼拚命的營造知性的氣氛呢？」

上原的話在我心中苦澀的擴散開來。

被看穿了。我很尊敬上原作為美術老師的才華，她總是輕鬆的加條線，再上一點顏色，就讓我們的畫全然不同。這個人真的熱愛藝術。

「跑啦。」上原說。「就算你這樣一直拒絕，到最後反正也得硬著頭皮去跑。」

我沒法回答。突然被她接近不想被碰觸的那塊，以至於一時啞口無言。這女人到底看透了我多少心事？

「我們需要你的力量。如果你不來，我明天、後天還會來找你。然後每天說著同樣的台詞煩死你。明天會比今天前進一步，後天又會比明天更前進。」

這簡直是威脅。老師可以用這種手段嗎！我怎麼能屈服於這種無聊的威脅呢？可是，上原的直搗核心比什麼都有效。

幾次徬徨、失敗，經過一再錯誤，我才抓住現在的我。永遠不吵不鬧，態度冷靜，喜歡音樂和美術，文雅脫俗，零欲望，不做無謂的努力，永遠游刃有餘。我不知道這樣算不算投入，是不是正確，但是，這樣的我過得平穩安樂，如果有人要摧毀它，我會很苦惱。

「別擔心。因為驛傳也很適合你。」

上原這麼說完，丟下「明天見」後走出教室。

2

第二天早上，田徑社的同學和大田站在校門口。不知道是不是還沒到社團開始的時間，校園裡比平日恬靜。

「哇哦，你來了！」

桝井和俊介一看到我，露出真心高興的表情。

「被你們纏著不放也很頭疼，而且也很好奇跑驛傳也許有什麼意義。總之，是因為這些想法才來的。」

我不想讓人踏入，不想被人知道我的內心世界。我只是因為這個理由才來到這裡。雖然很無聊，但對現在的我來說，這比什麼都重要。

「嗯嗯，很有意義。」俊介天真的說。

「跑步這點小事，對我來說並不難，如果能幫助到別人，我應該盡點力。」

不論說什麼都不能成為好藉口，我心裡雖然很明白，還是列了幾個理由。

「好了，你說什麼都行。只要渡部肯來跑就好。」

桝井露出了微笑。看見他的笑容，很神奇的，我竟也覺得這麼說沒什麼不對。我點點頭說：「是啊。」

暑假期間都是野外練習，做完輕鬆的體操後，我們從校門口出發。雖然這是體育課以來，第一次長距離練跑，但並不辛苦。不到七點的空氣十分清新，跑起來很舒服。這種速度的慢跑，也不至於成為負擔。我如流水般不斷邁開步伐。

路程似乎是跑下學校前面的道路，穿過公路，越過後面的山。有緩坡也有長長的下坡，路線相當好。但是，穿過公路，往山的方向跑去時，我便有點心驚。上山前有些老民宅和田地，我的家也在那裡，照這路線跑下去就會經過我家。我驀地放慢速度，與大家保持距離。如果奶奶出門到田裡去就麻煩了。她一看到我，一定會出聲喊我的。我確認大家都跑在前面後，才屏住氣息經過家門前。幸運的是，奶奶並沒有出門。

上山的半途，發現了先騎腳踏車出發的上原。大家一面天南地北的聊著，一面追過上原。她的腳沒力氣，騎在腳踏車上左搖右晃。真是完全跟驛傳搭不上邊的老師。

「渡部果然很輕鬆的樣子。」跑過她身邊時，上原說道。

「嗯，應該吧。」我露出比之前更滿不在乎的表情說。

「渡部，最寶貴的是你有實力，而且來練跑會成為一次很好的經驗，更何況大家都希望你能來。我本來想說這些話來說服你的，但是時間緊迫，所以病急亂投醫，請你原諒。」

上原一邊踩著踏板，向我道歉。

「別這麼說，我又不是因為老師說的話才來的。」

「當然沒錯。」

「我只是覺得他們不能出賽很可憐，也並非不能支援他們。」

「嗯，你說得沒錯。啊——不行了，你先走吧。」

腳踏車踩不動了，上原放棄踩踏板，下來推車。

不用她說我也會先走。我盡可能不想跟她有牽連。倒是有一件值得慶幸的事，那就是上原雖然是熱血老師，但並不是為學生奉獻一切那種型。多虧了這點，我們不用聽她說「活出自己來」、「拿出真正的自我」等話。

我追過上原之後，速度稍微提高了一點。跑慢跑的話，就能自由自在的操縱速度。不管是上坡還是下坡，都一樣能跑。身體沒有一處會喊累。

也許我的身體比大家評估的更適合田徑。把諸多因素擱在一邊，感覺自己具備的能力，也不壞。

3

自我參加之後還不到十天，最後一個團員二郎也來了。

二郎跑步的速度並沒有那麼快，健壯的身體也不像是適合長跑。他一定又像平常那樣，耳根子太軟被拉進來的。即便如此，夏季大賽才剛結束就跑來參加簡直是瘋了。至少該擺個架子，提高自己的價值嘛。雖然與我無干，但看了就有氣。

「今天也是跑長程路線啊。」

一起跑，大田就開始抱怨。剛開始十公里程度的野外訓練，現在也都跑接近二十公里。從學校後面的山丘下來後進入休息階後，剩下一半再稍微加快配速。有些團員開始感覺疲憊了，但我完全不會。慢跑程度的野外跑，不論幾公里對我來說都是小菜一碟。

我按平常的習慣，在最後面悠閒的跑。二郎第一次跑，就算稍微表現出吃力也不要緊，然而他卻跑得很開心。真是個安樂的傢伙。

下了山，到達固定的休息地點，大家都伸直腿坐下。休息地點位在山腳下，林木蒼鬱，空氣沁涼得令人忘了夏天。我們的小鎮位在山區，拜此之賜，到處都有可以納涼的地方。我也在樹根處坐了下來。坐著不動一會兒，立刻可以感覺汗水靜靜的收乾了。

「我們休息到上原老師來吧。」

桝井宣布後，大家不是拍拍腿，就是做起輕量的伸展運動。但俊介突然嚷嚷起來。

「哇，我被刺扎到了！在這裡，你看你看。」

「吵死人了。一根小刺又不會死人！」

大田不耐煩的說。但俊介伸出手掌給大家看。

「不，這刺很大耶。」

「在哪裡？」

「這裡，變成褐色了。」

俊介把刺出示給桝井看。

「真的。不過，上原老師好像沒帶急救箱來，而且也沒有鑷子。」

「糟糕，越弄越拿不出來了。」

俊介用手指死命的摳刺，反而把刺擠得更深入了。這傢伙連那麼簡單的常識都不知道嗎？

俊介在和刺奮鬥時，上原騎著腳踏車搖搖晃晃的到來。籃子裡果然空空如也，桝井和俊介確定沒有藥箱，發出失望的哀嚎。

「回學校到保健室去拔就好了。」

上原雖然這麼說，但俊介哀嘆：「萬一延遲，一輩子都拿不出來怎麼辦。」雖然不可能嚴重到那種地步，不過刺還是該小心的東西。

「老師，你有沒有五圓銅板？五十圓也行。」我看不下去，出聲問道。

「五圓銅板啊？呃，不知道耶。」

上原一邊說，一邊伸進口袋。唰啦唰啦的拿出了一百二十八塊錢。還好上原是個邋遢女。

「哪裡？」我把五圓銅板拿起來，俊介露出訝異的臉。
「嗄？」
「刺啊，在哪裡？」
「這裡。」
俊介把手掌伸到我面前。雖然他哭天喊地，但其實沒什麼大不了。我把五圓銅板中間的圓洞，頂住刺的周圍，用力一壓。才剛扎進去的刺，就這麼咻的跳出來。然後用指甲捏住拔出。只是一點芝麻小事，周圍卻響起了歡呼。
「哇～」
「厲害！」
歡呼弄得我有點心慌。這不是很常見的事嗎？
「渡部好厲害。簡直像變魔術嘛。」
二郎從我手中拿起五圓硬幣，稀罕似的左瞧右看。連大田都不可思議的盯著俊介的手。
「看起來像是老阿嬤的智慧錦囊呢。」
除掉手中的刺，俊介開心的說，但我心裡卻揪了一下。
「什麼？」
「我是說，好像是老阿嬤才知道的絕技之類的。」

「你說什麼話！才不是呢！」

「我是在讚美你耶。真的很感謝。」

俊介對我的駁斥感到不解。這也難怪。我幹嘛對這種事這麼敏感。我吐了一口氣，讓心情平定下來。

「欸，快點動身。沒事了吧？」

在一旁久等的上原，已經跨上了腳踏車。

4

我、大田和二郎的第一次記錄會，在第二學期開學的第一個星期六舉行。這場比賽是與其他學校的選手在田徑場上，跑實際驛傳的距離——三公里。

「渡部，你要加入第三組嗎？那種程度應該沒問題吧。」

一到達田徑場時，桝井問我。

參加者共分成四組，按大致的成績，九分多的在第一組，十分前半第二組，十分後半第三組，其他的進第四組。

二郎一開始就加入第四組了。我們當中只有二郎跑十一分。田徑社的成員都在一、二組，大田也進第三組。畢竟是第一次記錄會，在跑之前並沒有明確分出高下。

「我不是田徑社的，去第四組好了。」

「第四組？」

桝井對我的提議略表狐疑。

「因為我沒跑過這種比賽。」

「渡部，你的程度連第二組都沒問題啊。在競賽場上，自信過度反而好啊。」

「沒關係啦。因為是第一次。」

桝井回道：「既然你這麼說的話。」但他似乎不能接受。

「渡部學長喜歡幫助人。」

俊介為了維護我而這麼說，但是這種話我聽不習慣，又模仿著他的口氣反問。

「喜歡幫助人？」

「是的，就是說你很會照顧人。」

幫助人、照顧人是怎麼回事？這類形容詞一向跟我沾不上邊，害我一時不知該怎麼反應。俊介看我發呆，微笑的說：「這是好事啊。」

第四組的比賽超乎想像的混亂。他們和加入第一、二組的選手在跑法上有著根本性的差別。好幾個人不明所以的暴衝，而受他們影響的選手和不懂正確跑法的選手，完全打亂了比賽。二郎如桝井所言一個勁的在觀望。你的速度不應該只有那樣好嗎！依然像個蠢蛋。我雖然感到愕然，但還是確認自己的步調。領先群的速度過快，不穩定。在那個團體中沒辦法按自己的步調跑，所以我決定跟在後方，到最後再衝刺。

通過一公里處開始，身邊的人開始減速。誰叫他們一開始衝太快。以那種速度絕不可能跑完三公里。我只按著固定速度跑，接近領先群。按這步調在最後追上的話，就能進前五名吧。剩下一公里，身體還不覺疲累，呼吸也還沒有急促。差不多該上了，我把重心移向前，大幅擺動手臂和腳。跑在前面的選手已經沒有力氣，我超過一個人、兩個人，簡簡單單以第二名到達終點。

「才第一次跑，就已經駕輕就熟了。」

桝井和俊介看我步履不亂的跑完三公里，都大吃一驚。

「還好啦。」

「這是嫻熟三公里的跑法。很厲害欸。」

桝井盡情的讚美，但是我自己也沒想到管樂社的人能輕鬆跑完三公里。

「頭腦聰明的話，不用跑就能抓得到距離的感覺。」

對俊介的話，我只是「可能吧」回應，同時瞥了一眼設樂的臉。

昨天晚上，我跑了三次三公里。夏日期間的野外跑，只是單純跑距離。雖然練就了跑三公里的持久力，但並沒有掌握到三公里的配速。這場比賽即使只不過是記錄會，但我也不想跑得太離譜。至少，想讓身體記住三公里的感覺。

等到太陽完全西下後，我從家門口出發。鄉間的夜很黑，到了晚上連一家營業的店都沒有。有路燈的只有大馬路，其他一片悄然。不過，我還是避開大馬路，跑黑暗的田間小路，以免遇到別人。不過，經過水田，正要跑上連接平常野外跑的山路坡道時，遇到了設樂。設樂很專注的在跑，而且我立刻轉彎逃走，所以不知道有沒有被他發現。不過，對我來說已經是個重大失誤了。

勤勞努力感覺很遜。我的想法並不是青春期常有的那種幼稚思想。而是讓人發現我暗地努力的事，對我來說事關死活。我跟那種貪婪勤奮，絕對不能扯上關係。

設樂與我目光相接時，我就心慌意亂的低下頭。因為他總是戰戰兢兢的樣子，所以無法得知他的真正想法。不過，設樂不是會打小報告的人。光是這樣就足夠了，我這樣安慰自己。

全體做完緩和運動後，在公車來之前成了午餐時間。大家坐在帳棚裡有的沒的亂吵，一邊從背包裡拿出食物來。不是威德in果凍，就是卡路里良伴或超商的飯糰，昨天分發的記錄會通知資料中，在攜帶物品欄，寫著簡單的午餐。原來這就是簡單的午餐啊。沒有加入體育類社團的我並不知道。我悄悄從帳棚裡把自己的背包拿出來，跑到離大家有點距離的樹蔭下坐好。

「渡部，怎麼不跟大家一起吃嘛？」

桝井來叫我。可是我這種便當怎麼能在大家面前打開呢。

「不需要大家擠在一起吃飯吧。天氣這麼熱。」

我邊說，邊悄悄地打開便當盒。

果然猜中。便當盒裡放了非常均衡的菜色。有消除疲勞用的豬肉梅乾捲，可以幫身體解熱的酸甜小黃瓜茄子漬，和運用糖分安定精神的醬汁番薯。都是為了跑步精心製作的料理。

「哇，看起來好好吃。」

看我一個人低頭吃飯，俊介吸著卡路里良伴靠過來。

「幹嘛？」

「我在想你一個人吃飯會不會寂寞。」

「怎麼可能！」

我加快了吃飯的速度，不想讓俊介看到便當的菜。本想不吃了先回家再說。但奶奶總是比平常早起幫我做飯。

「吃那麼快對身體不好哦。」

「不用你管吧。」

「既然特意帶了這麼豐盛的便當，慢慢品嚐不是很好嗎？」

「跟你無關。」

「這麼說也沒錯。」

「你自己沒有東西吃嗎？」

俊介盯著我的便當看得目不轉睛，我受不了他的視線，把便當遞給俊介。

「我可以吃嗎？」

「嗯。想吃什麼自己拿。」

「太棒了！」

俊介立刻夾了豬肉放進嘴裡，感動的說：「哇，太好吃了。」

「哦，真的？那就好。」

我匆匆把飯塞進嘴裡，得早點結束這個場面才行。

「咦？可是有點嗆鼻耶。」

俊介動動鼻子。

「又怎麼了？」

「這是什麼呢？有一種特別的味道。是什麼啊，學長？」

「你神經過敏吧。」

我裝糊塗混過去，其實那是芥末。為了怕便當酸掉，所以奶奶在便當盒的蓋子底塗了芥末。這倒真的是我奶奶的智慧。我在俊介的鼻子聞到之前，就把便當盒收好了。

5

從三樓的音樂室可以看到整座操場。操場邊的樹林開始褪下色彩，午後照射的陽光也削弱了夏日的攻勢。九月已經快過一半了。

我吹著薩克斯風，時不時的望向操場。夏季大賽後，三年級離開，漸漸形成只有一、二年級的新團隊。棒球社練習時的吶喊聲變大，角落在做揮拍練習的網球社，也形成一定的系統。學校已經轉移到新世代。很快的，我們也要走向下一個階段。

擴音機放出社團活動結束前五分鐘的廣播，看得到桝井和設樂正往操場正中央走去。二郎可能是去看看籃球社練習吧，正從體育館的方向走來。在操場角落睡覺的大田，也懶散的坐起身子。

驛傳練習在社團時間後進行，三年級還有社團時間的只剩管樂社。因為只是練跑，不用全體都到齊也能練，所以他們其實不用等我練習結束。但儘管心裡這麼想，看到團員們開始集合時，我也坐不住了。

不過，管樂社眼前也有音樂比賽，大家都賣力的練習。即使社團結束的鈴聲響起，澤田顧問還在繼續說話。

「大家要再深入一點，因為這會關係到音質。沒拿樂器的時候也請多想像，因為它

會關係到曲子。」

澤田的話帶著玩笑，但口氣卻是嚴肅的。管樂社幾乎都是女生，其中很多都崇拜澤田，所以大家都熱烈的點頭。澤田也順勢繼續說下去。

「不管是音樂或是其他藝術，不是只用看得見的部分就可以創造出來的。」

如果說話的是上原，一定邊說邊大笑吧，但澤田一點笑意也沒有。

我悄悄的收起薩克斯風，盡可能不發出聲音。大家已經集合了，我得加快腳步，並且確認走出音樂室的最短路徑。然而這個動作令我驚愕。我在緊張什麼？這樣豈不像是巴不得早點走嗎？拜託鎮定、從容一點吧。但是，讓別人等不太好。不對，我幹嘛在意這種事啊。最近，我偶爾會不解到底塑造了什麼樣的自己。也許跑步已在意料之外的地方影響到我。以至最後，當澤田說出「好，解散」的同時，我已經往操場跑去。

「今天是計時賽。六點整出發，所以大家各自熱身，然後最後會合，做完肌力訓練和伸展操後結束。」

確定我加入陣容後，上原發表了計畫表。

這是進入第二學期後第四次計時賽。我跑得非常暢快。現在不像盛夏，六時許太陽已經西沉，雖然邊跑邊讓熱氣滲入身體感覺不壞，但是在陽光開始減弱中奔跑更舒適，最棒的是身體滑順的移動。而大家也都一樣，幾乎所有團員都跑出好成績。

設樂是十分五秒，就快進入九分範圍。大田十分十二秒，連二郎都有十分五十二秒。其中俊介尤其優秀。最近的俊介很有勁道，悠然自在，身體充滿活力。俊介單純的性格對跑步也更有助益。跑得越勤，成果便會自動扶搖直上。只有桝井沒有發揮，成績九分五十四秒。當然，這成績比我們都好，不過，也只比我們好。連不屬田徑社的我都知道，桝井不該只有這種成績。桝井總是先發制人躲開話題，所以誰也不敢提這事。但這應該不是他的常態。

「這星期六是第三次熱身賽，而且我想也該決定區段了。因為老師也必須提出報名表。」

在練習後的會議中，桝井如此說道。

一區和二區很早之前就決定了，但其他的區段至今尚未決定。

「我大略考慮過一遍，在這裡可以說嗎？」

桝井問老師，上原點點頭說「當然可以」。二郎歡呼道：「哦哦，終於要來了。」連已經決定跑二區的大田也一副過來人口氣說：「終於要揭曉了啊。」大家都對誰要跑哪個區段好奇不已。

「一區和二區就如先前所決定的，是設樂和大田，三區是二郎，四區渡部，五區我，最後是俊介。」

桝井不理會我們的目光，機關槍似的把名單念完。這明明是個重要的發表，但他卻隨口就說完了。因為桝井說得太沒份量，差點把它當成耳邊風溜過去。不過確認區段的同時，全體都浮出困惑的表情。

三區是其中最平緩的路段，交給二郎可以理解。四區和五區，我分不出不同處，所以不論是我或是俊介跑都行。有問題的是最後。一區和六區是關鍵，一區給設樂的話，衝刺就該是桝井。這種事就算對驛傳不熟的人也明白。確實最近桝井的成績並不出色。雖然不知道原因在哪，但感覺他出不了力。不過，最後一棒非桝井莫屬。俊介目瞪口呆，大田和設樂應該想的跟我一樣。

「雖然我不太熟悉，但是我覺得六區應該是桝井跑。」過了半晌，上原含蓄的說。

但桝井很爽快的回答：「我也這麼想過，但是，現在不知道最後會在什麼狀況下接到彩帶，所以讓目前實力最好的俊介跑比較好。」

「可是，跑得快並不是驛傳的唯一關鍵。」

上原想說的話，我很了解。大家都盯著上原看。

「話是沒錯，可是，你們也都注意到了吧。現在我的狀況不穩定，而且沒有力量。相比之下，俊介的狀態在巔峰，到必要時刻應該能放手一搏。總之，我覺得這是最佳順序。就照這樣走吧。」

桝井竭盡全力想要把話題結束，但上原似乎不願輕易放過。

「桝井，你說的話，我不是不懂，可是還是不太對。」

「沒什麼不對，連我自己都覺得這安排很好。」

「就算這是你最後一次驛傳？」
「那種事不重要，重要的是贏得比賽。」
一向口才便給的桝井，語氣變得謹慎起來。桝井已經沒法用活力來掩飾他的種種心思吧。現在咄咄逼人恐怕不太好，可是上原不肯罷休。
「可是，五區和六區應該相反。」
「老師，你懂驛傳嗎？」
「唔，我不懂。但是我覺得你應該跑最後一棒。」
「這是老師自以為是的想法。」
「可是，連我都看得出這個安排太奇怪。」
上原難得把主張說得這麼清楚。桝井傷神似的望著天空。設樂和俊介在想著該怎麼辦好。是不是該有人出來說點什麼？大家都在互相探問著。
「除非滿田老師回來。」
桝井驀地迸出這句話。
剎那間，我的胸口一涼，寒到整個身體裡，連我自己都嚇一跳。桝井也許只是一時想不出收拾這個場面的方法，但是呢，沒有一句話比它更能否定一切。
「是嗎？可是，這部分得跟教育委員會說才有用。好吧，那就沒辦法了。」
上原提高聲調，試著撥開周遭沉滯的空氣。

團員們也紛紛說「嗯，也是啦」、「俊介才二年級就跑最後一棒，好酷哦」。

俊介則回道：「哇，我好緊張。」

這是怎麼回事？雖然沒有人有錯，但是令人不忍卒睹。習慣掩飾的不只是我，任何人都不想被人看到真實的部分，人活在世上就是這麼回事，而團體中也沒有能保持真實自我的傢伙。大田一直過度耍壞，桝井一直控制自我，設樂畏畏縮縮，只會看周圍人的臉色。然後，連俊介……沒有一個人不掩飾自己。

「我跑三區，你跑四區，也就是說我要交棒給你吧？我們最好再熟悉彼此一點才行。」

不對，這種人還是存在，世上唯一一個不會掩飾自己的人。解散的同時，二郎來到我身邊。

「啥？」

「就是說，我和你要做彩帶的接力，對吧。為了讓接力更加順暢，我們得要步調一致。」

「你這人沒有影子嗎？」

「嗄？有啊，哦，現在太陽下山了，所以看不到嘛。」

二郎一臉稀奇的看向自己的腳邊。這傢伙真是個十足的蠢蛋。

「再怎麼人來瘋的人，也都有另一面的吧？」

「另一面？什麼意思？」

「我是說開朗的人也有憂鬱的一面，或是為了遮蔽陰暗的部分才故作開朗狀，一般都有吧？」

「你在說什麼啊？」

「然而，你既沒有影子也沒有另一面。」

「到底是什麼意思？」

二郎看起來完全沒有會意過來，他猛地皺起了眉毛。

「我看你一輩子也不會懂。」

我甩掉二郎，走出操場。

不管再怎麼解釋，二郎也不會懂。而且，二郎也沒有必要懂。

那是句不可說出口的話，連我這個總是語帶諷刺和酸味的人都毛骨悚然。這種話和笨或蠢的話完全不同。最不該說這句話的人，對最不該說的對象，說了最難聽的話。

「除非滿田老師回來。」桝井的自語，沉澱在我的耳朵裡，縈繞不去。

大家回去後，我不自覺的在校門口徘徊。我並沒有思考有什麼解決的辦法，也沒有能出力的地方。但是，我覺得什麼都不做會完蛋。

「咦？渡部，你在做什麼？」

過了一個小時吧，上原拿著錢包走到校門口附近。
「老師呢？」
「我去買晚飯。今天還有工作沒做完，所以想去超市買個便當。」
「哦，這樣。」
「天都黑了，你得早點回家才行。」
上原仰頭看著天，太陽已經完全沉落了。
「那個，我想他不是認真的。」
「什麼？」
「沒有。你也知道嘛，滿田若是現在回來，也會很麻煩吧？練習的步調會整個亂掉，桝井心裡應該也很清楚。」
我猶豫著說出這些話，沒想到上原卻咯咯咯的笑出來。
「笑什麼？」
「像你這麼體貼的國中生，我還是第一次見到。」
「嗄？」
這個人在說什麼啊，我全身上下沒有一個地方，可以符合體貼這種形容詞才對。
「難道你就是為了跟我說這些話，才等在這裡？」
「只是碰巧過來，老師剛好出來了。」

「是哦，那，這麼晚了我開車送你回家吧。」

「不用麻煩。」

我搖搖頭，現在這時候，奶奶一定擔心的在家門前等吧。我不想讓上原看見。

「不行不行。天這麼黑，反正我也要去買東西，順便嘛。」

「就說不用了。我走路很快就到。」

「哪有很快。你的家不是在山腳邊嗎？好了，快點上車，我還要買其他老師的便當。若是拖太久大家會罵我。」

上原從口袋拿出車鑰匙，催我上車。若是在這裡拖拖拉拉，其他老師出來撞見更不好。我不太甘願的上了車。

「你不用那麼在意啦。」上原發動引擎時說道。

「我沒在意。」

沒錯。只是，這件事就這麼放到明天不太好。我只是這麼想而已。

「二郎那傢伙還興味盎然的跑來問我，老師們調哪個學校，真的是教育委員會決定的嗎？」

上原笑了。二郎那個人的確會這麼問。因為不論從好處想或是壞處想，二郎都是少根筋。

「因為那傢伙是蠢蛋。」

「可是，能變成像他那樣也很好哦。」

像那個笨蛋單純又樂天的二郎？我皺起眉心，上原看著我，說：「記錄會的時候，二郎的媽媽特地幫我泡了茶呢。」

「什麼意思？」

「我不太喜歡運動飲料，我本來並沒有告訴二郎這件事，可是他卻把這事告訴了媽媽，好乖哦。」

「你是要我也幫你帶茶嗎？」

「不是啦。我的意思是說，二郎有把我當成顧問。在二郎來看，即使什麼都不懂，只要當上了顧問，就是個貨真價實的顧問。不論是誰他都能接受。這就是二郎的優點。」

「你想給我什麼建言嗎？」

就算上原不說，我心裡也明白。粗魯，一點也不優雅，既不知性也不考究，然而明眼人都看得出他是在父母的疼愛中長大。最重要的是器量比我大多了。那就是二郎。

「怎麼會！你有你的優點啊。」

「我的優點，哼。」

我從鼻子笑出聲。什麼個人獨特的優點或個性，都是很好用的字眼。可是，別說什麼真實的自我，在我遮掩的部分，根本一項長處都沒有。

「我當老師之後，見過各式各樣的學生，但其中，渡部是最……」說到這裡，上原笑了出來。

「最什麼？」

最愛狡辯、麻煩、口氣酸溜溜、冷漠、愛吹牛。腦中浮現出所有我想得到的字彙。

「嗯，是最像國中生。」

「國中生？」

「是啊。對自己的事想東想西，像是自己的性格、真實的自我啦等等，這些都像國中生。」

聽不出來上原這番話到底是在褒還是貶。但是，上原看起來莫名開心，而且像是說了有點難為情的話。

「啊，我在這裡下。」

不知不覺間，已經快到家了。我在轉進家門前的路旁，趕忙對上原說。

「你奶奶很擔心你吧？幫我向她道歉，這麼晚才送你回來。」

上原依我囑咐停車後這麼說。

「奶奶？」

「嗯，奶奶。這點小事，家庭狀況調查表上都有寫。那，明天見。」

上原說完，對我揮揮手。

6

「奶奶，你又在做便當啦？」我走到廚房裡說。

才清晨五點，奶奶就已經在忙東忙西了。

「把你吵醒啦？」

「沒有。今天是七點集合，我想在那之前先跑一下，所以沒關係。但是，我說過，不用便當啦。」

「怎麼可以不用！今天是那個，最後的什麼，不是嗎？」

「是熱身賽。雖然說是最後一次，但又還不是正式比賽，不用特地帶便當去。」

「有什麼關係嘛。這裡面放的都是你愛吃的食物。」

奶奶打了蛋。她要做夾海苔的厚片蛋捲。

「帶便當去的只有我。大家都是吃威德 in 果凍和卡路里良伴那類東西當午餐。」

「因為奶奶不懂那些新潮的東西啦。」

奶奶俐落的煎起蛋來。薄薄的蛋皮捲成好幾層。反正不管我說什麼，奶奶根本沒在聽。我放棄，拿起堆在流理台的髒碗盤來洗。

「其實帶香蕉就行了。」

「你又說那種話。奶奶怎麼可能拿香蕉給你當便當呢？」

「奶奶，你不是腰痛嗎？」

奶奶每隔兩三天就會喊著這裡痛那裡痛，常感嘆爺爺來接她只是遲早的事。

「沒關係沒關係。幫你做菜的時候，腰痛高血壓全都不見了。」

「你的身體真好商量。」

「當然啦。孝一這麼努力，奶奶也不能怠惰啊。」

「我才沒有努力呢，只是去跑步而已。」

一年級時我就開始吹薩克斯風，可是奶奶老是搞不懂我在幹嘛。但像跑步、跳遠，做這些奶奶熟知的事，她就很開心。

「奶奶覺得，孝一跟大家一起合力做些什麼，我就放心了。」

「以前在管樂社也有很多人啊。驛傳的人數還不到管樂社的一半呢。」

「人數多寡無所謂。好了，接下來是照燒雞塊。」

奶奶從冰箱裡拿出醃在醬汁裡的雞肉，裡面放了大量青蔥和生薑，是昨晚醃的。算了，氣溫沒那麼高，她沒在便當盒蓋塗芥末就好了。

正式比賽的兩星期前，進行最後一次熱身。最近連續都是晴天，但今天卻變陰了，天空暗暗的，天氣預報還說過了午後會有陣雨。這種日子籠罩在濕氣中，不太好跑。但是，比賽當天會怎麼樣就不知道了。只要陸地沒有發布警報就不會停賽。不管下大雨還是大太陽，一樣都得跑。灰沉沉的天空下，大家穩健的發揮實力跑自己的區段。

設樂雖然低調，但跑得很謹慎。到這時候他已都能進入九分多的成績。我只有偶然一次進九分多，但光靠學校的練習是不可能達到的。大田看起來好像一味亂跑，但他很有力氣。好幾次爆發性的衝刺，也是因為他具有不凡的持久力。如果大田能以認真的態度面對事情會有什麼結果呢？有些事不是用句「真可惜」就可以帶過的。二郎依舊還是精神抖擻的跑完。原本就黝黑的皮膚，再在烈陽下曬過後，現在看起來更結實了。桝井雖然保持在九分多，但也只是四平八穩。儘管看起來並沒有受傷，但就是欠缺了什麼。即使如此，誰也沒有對桝井的狀況發表任何感想。桝井既沒有胡鬧也沒有亂發脾氣，不僅如此，他還比任何人都開朗，然而他身上卻有一種碰不得的氣氛。俊介的狀況比之前更好了。今天比昨天好，明天也會比今天更好。不論我們做了什麼，俊介都會使它更好更優。從現實來考慮的話，也許俊介的確適合跑最後一棒。

我也一如往常，不論在公路還是學校操場，都一樣能跑。我也知道自己很穩定，腳下不論踩的是柏油還是紅土，我的腳都能一成不變的向前進。想必正式比賽時也沒問題。最後一次熱身，可以體認到這一點。

「啊，好緊張。想到這次熱身賽就是最後一次，特別使勁跑。」

俊介吃著香蕉，一面朝我踱過來。俊介只要一到午飯時間就會來找我，而且偷看我的便當。

「煩人的傢伙，吃吧。」

我照舊把便當盒放在俊介面前，畢竟奶奶做的菜一個人也吃不完。

「我開動了。」

俊介立刻捏了一塊照燒雞肉。

「哇哦，這是老奶奶的味道嘛。我們家的奶奶什麼都用生薑來調味。」

「是哦。」

我咬了一口俊介遞給我的香蕉，代替他吃。

「我對口味滿挑剔的。渡部學長家的煎蛋滿甜的呢。」

「是嗎？」

「嗯，桝井學長會喜歡的口味。」

俊介不論吃什麼都很享受的模樣。而且他說的話，最後一定都會提到桝井。

「你說什麼都會講到桝井耶。」

聽我這麼說，俊介嘴裡塞著蛋捲盯著我的臉。

「你動不動就提到桝井哦。」

俊介把蛋捲吞下去，說：「渡部學長，你討厭奶奶嗎？」

完全雞同鴨講。

「那，你對桝井這個人有什麼想法？」

我繼續問同樣的問題。

彼此都把心裡的問號直接說出口，但彼此也都無意回答對方的問題，所以只有問題飄浮著。可能兩個答案都太沉重，兩邊的心牆都太厚了吧。誰會先投降呢？我看著俊介的眼睛，忍不住噗哧笑出來。俊介也從我臉上察知了同樣的想法。

「我不喜歡的是家裡只有奶奶。」

我先打開僵局。畢竟我是學長。

「我不只是跟奶奶親，而且從小學開始就跟奶奶一起生活。」

七歲時父母離婚，父母都各有喜歡的對象，兩方的伴侶都不願意接受我，所以，我就在奶奶家長大。

「說起來，渡部學長是轉學生吧。」

「嗯，小學二年級的時候，從那時起跟奶奶一起生活。」

也許練跑之後，心情紓解開了吧。一打開話匣，話題竟然滔滔不絕的停不下來。

「你不喜歡那種生活？」

「不，不是。不是這個意思。」

跟奶奶一起生活並不壞。雖然奶奶太過呵護我，有時候有點煩。但她收留了我，我對她只有無比的感謝，也明白她是真心疼愛我。我不願意接受的是圍繞自己的狀況。若是被大家同情怎麼辦？若是被當成笨蛋怎麼辦？如果別人發現我跟大家不一樣怎麼辦？這些無聊的事一直是我心裡的疙瘩。

「我並不是討厭，只是不想跟大家不同罷了。只是不想有人覺得我跟奶奶兩個人生活好可憐，或是認為我是被爸媽丟棄的孩子。」

我不知道什麼叫正常，什麼比較好。但是，我沒堅強到可以把自己身處的環境暴露出來。「展現真正的自我就行了」，這種話是有父母疼愛的孩子會說的話。我不知道該怎麼做才算好，但是我只想抹去硬撐的感覺，展現從容的態度，不要太瞻前顧後，不要有太多企圖心，當一個絕非家庭環境複雜的孩子。我只要這樣而已。我只想要生活得跟大家一樣就好了。然而，現在的我為什麼又捲入這麼麻煩的事當中呢？我漸漸變成一個自己也搞不懂的人了。

「總之，就是為角色設定感到困惑的期間，漸漸成了一個有點冒牌的藝術家了。」

俊介半開玩笑地說。

「也許是。」

「奶奶帶大的孩子，很容易表現出愛照顧別人的性格，所以根本假裝不來。」

俊介瞇著眼笑了。俊介的笑臉常顯得純真，一看就知道不是裝出來的。

看到那張臉，我突然覺得不經意自曝身世和奶奶帶大的事，都不重要了。之前雖然那麼費心隱瞞，但是當我身邊這些錯綜複雜的過去揭開來時，它就變成一點也不足取了。

「渡部學長，你有沒有知己好友？」

接下來該俊介說了，但是他卻用一個問題代替回答。

「你覺得我會有嗎？」

別說是好友，我連算得上朋友的人都沒有。從小到大一直都在掩飾自己，答案可想而知。

「我覺得要定義什麼是知己好友很困難，但是，可以讓對方看到自己真心的人，應該就可以叫做好友吧。」

「可能吧。」

我抓了一只包海苔的蛋捲，這是奶奶的拿手菜。帶著微微海苔甜味的溫和口味。他說桝井也喜歡這一味。俊介對桝井的大小事可以說瞭若指掌。

「你喜歡他吧？」

「大概是。」俊介微微地點點頭。

「有什麼關係。嗯，我覺得很好啊。」

我也試著露出俊介那種溫暖的笑容，但笑得不太自然，結果兩個人都笑了。

我們頭頂上的天空覆蓋著重重的雲，彷彿吸光了地上水分的灰色積雲，只要稍一碰觸，水好像就會溢出來。不過兩星期後，那片天空一定會是萬里晴空。

7

四區包括我在內的七個人，在交纏的狀態下跑離起跑點。只要誰想衝出去，全體的速度就加快。七個人都在互相牽制對方中前進。縱使不可從這時就早早甩開大家，但我的身體無法靈活行動，因為不習慣這樣的混戰。不管是在野外跑或是記錄會，我都和大家拉開距離的跑。從沒設想過這種狀態……被人包圍下跑步的壓迫感令我難受。身邊不時有人，自己的步調就會亂掉。擁擠得快要窒息。不行，這麼軟弱還怎麼跑。沒有時間了，就算沒體驗過競爭，但身體中應該還存在饑渴精神。這種程度的競爭，只要發揮那種精神就能壓制。這些人肯定都有父母，他們全都沒有體驗過，自己身世被人發現的恐懼。我不可能輸給這些溫吞的傢伙。

我讓力量在體內循環來振奮自己。一點點自我強迫，我可以調得回來。雖然才剛開始，我卻加快衝刺。沒有人會在這種時候大膽加速，所以沒有人跟隨我。若不考慮到前後順序，我就可以從群體中輕易脫出。確定群體都保持在後方後，我調整呼吸，把意識專注在前方。我的前面還有五個人。

晉級全縣大賽的是前六名。等在我後面的是桝井和俊介。不在正常狀況的桝井會怎麼跑，我無法判斷，俊介雖然處在巔峰但畢竟是二年級。以第六名交接彩帶簡直不像話，拚勝負就在這裡，第四區。

一個人就在眼前處，好像是二年級的選手，跑得不太熟練。從後面都看得出他已經疲倦了。好，超過他吧。我再次加速。對手感覺到我逼近的氛圍，立刻變得僵硬。我趁機一口氣追過。完美超越！現在是第五名。我想再超越一個人，可是前面看不到選手的蹤影。應該跑在我前面的四個人，都看不到背影。第四區是跑錯綜複雜的田間道路，沒法望遍前面的路。看不到自己前面可能會有的發展，令我感到不安。跑在前面的選手與剛才超越的人不同，他們都比我有實力。也許已經遠遠把我拋開了。

不行，不能急。不管對手是誰，只要追上去超越就行。和剛才一樣，一口氣超越就行了。我努力再次喚起自己體內的饑渴精神。但是不太順利。身旁一旦沒有競爭的對手，就不太能振奮吧。再一次，我想起自己的家。那個與一般國中生不一樣的家，那些與前面選手不同的家人。我只有奶奶一個人，甚至今天，奶奶也……是的，甚至今天，奶奶也歡喜的、真正歡喜的做了便當給我，便當盒裡塞滿的全是我愛吃的菜。

「到了國三最後的時光，孝一終於有了喜歡的事。」

奶奶眼神發亮的送我出門。對了，我不可能有饑渴精神。不過是記錄會或熱身賽，我都有奶奶親手幫我做的便當。我並不饑餓。但是，我不能輸。比賽絕不能到此為止。我希望奶奶如釋重負的表情，能再久一點。

通過兩公里，剩下一公里。終點越來越近。我再度加速。不管前方看得見還是看不見，我只能往前跑。雖然已經跑了兩公里，我的身體還有飽滿的力氣。多麼好用的身體啊。我一定非常喜歡跑步，還能跑更遠更久，還能繼續跑下去。我的身體在說著它想跑。

「到了最後，也許渡部你是最努力的。」坐在往接力站的公車上，上原對我說。「兼顧管樂練習與驛傳，兩樣一起努力很容易出紕漏。然而你，渡部，你卻輕輕鬆鬆做到了。努力已經成為你生活的一部分了呢。」

這些話不需要那麼挑明了說。不過，被上原讚許感覺還不錯。

我不知道什麼是真正的自我，不管怎麼思考，都不可能了解。我是個國中生，但是，如果我的體內真有上原或俊介說的「努力」或「體貼」的話，我希望現在能把它們表現出來。我再次重新注入力量，將腳往前衝。剩下五百公尺。這五百公尺是我的全部。我把力量傳送到腳尖，轉過銳角的彎道時，終於看到跑在前面的加瀨中選手。

超過加瀨中就是第四名，提升到第四名，是在全縣大賽出賽的最低門檻。看到目標的剎那，我的心臟狂跳起來。不論如何，我都要超過那個傢伙。我來到幾乎可以抓到加瀨中背脊的位置。但是，我一靠近，對手也加速。我們兩個誰更想贏呢？這些微的意念差距，就是勝敗的關鍵。

我覺得身體中帶著熱力。以前，我從來沒有渴求什麼。我連自己喜歡什麼都不知道，更不可能有想得到的事物。但是，我現在很渴望，渴望得要死的東西就在眼前，我要抓住它，我想再像這樣多跑一點。

到達接力站還剩一百公尺，直線道路在眼前展開。我看見第三名的選手將彩帶交出去，加瀨中的選手衝刺了。我也把所有的力氣、意念推向前。姿勢快要垮了，但是我不在乎。跑驛傳需要的既不是美感，也不是速度，而是排名。我和加瀨中終於並駕齊驅了，絕對不可以退讓。儘管感覺還早，但我已經把彩帶從肩頭拿下來握在手中。然後，我想起了一件事。

三天前，我們在操場練習交接彩帶。我從二郎手中接過，再交給桝井。直到今天早晨，跑在我下一棒的都是桝井，跟俊介完全沒有練習過。但是，當我注視著前方，我知道不需要擔心。開始跑驛傳後，除了奔跑外，我還得到了別的。就在義務教育即將結束的時候，我終於得到了一件東西。俊介露出熟悉的溫暖笑容，向我揮手。

我把握住彩帶的手向前伸，讓身體像是被它拖著般前進。比加瀨中的選手快一步，我整個身子朝俊介的方向撲倒。

「渡部學長，辛苦啦！」

俊介從我手上精準的接過彩帶，就著那股氣勢筆直的飛奔出去。

第一名加瀨南國中通過後過了半晌，第二名幾多中、第三名戶部中都陸續到達。然後，我看到不遠處渡部學長和加瀨中不分軒輊的競逐著。兩人並肩而跑，互不相讓。一個衝刺，另一個就再加快速度。沿路觀眾的呼喊也隨之沸騰，在我身邊等待的加瀨中選手更是激昂起來。

剩下五十公尺。渡部學長已經把彩帶握在手中，平常，渡部學長總是擺出漂亮的跑步姿勢，絕不遜於桝井學長。但現在他好像被前方拖拉著跑似的。不顧一切，亂無章法，沒有一絲美感。但是，也許這才是我所認識的渡部學長。為了早一秒接到彩帶，我也伸直了手。

與一般接力賽不同，驛傳交接彩帶瞬間的時間耗損並不算什麼。也沒有學校會在意這個小地方。不過，我們的彩帶交接應該會賺到大量的時間。看到渡部學長伸出的彩帶呈一直線衝過來，我便將手掌張開。從渡部學長的手到我的手，如同吸星大法般把彩帶接過來。

1

「俊介，我們去看看田徑社好嗎？」

升上國中的第一週，試聽期間的最後一天，修平來邀我。

「我已經決定去籃球社了。」

「有什麼關係？拜託你啦。」

修平是我從幼稚園就認識的朋友，雙方的父母也有交情，所以從小我們在彼此家裡來來去去。談話合得來，玩也玩在一起。這個好友的請託，平常我都會答應，但是加入田徑社是另一回事。周圍的朋友幾乎都決定加入籃球社或棒球社。而且田徑感覺很土，又很辛苦。所以我搖搖頭說：「不要啦。」

「我問了好多人，大家都不想去田徑社。俊介，我們一起啦。」

「老師不是說，選社團的時候不要攜朋拉伴的。你自己試試啦。」我一副事不干己地說。

今天，老師也說，國中是個依憑自己主見行動的場所，不要老是跟朋友一起行動。不過，不久前還是小學生的我們，很難自在的單獨行動，連簡單的社團參觀，都要呼朋引伴一起去，獨自而乾脆的選擇社團的人，幾乎沒有。

「我只能拜託你了，俊介。」

「就算拜託我，我也沒辦法呀。你從小學的時候就學跳遠，所以沒關係。可是田徑的那些技能，我一樣都不會啊。」

「要不然，你只要陪我去參觀就好了。昨天，我們不是一起去籃球社嗎？拜託啦，只要看看。」

「再看幾次我也不會加入田徑社啦。」

「我知道。今天你只要陪我去就夠了。」

修平拉著我的手一邊說，他好像已經打算把我拉到操場去。

「真拿你沒辦法。」

只去今天，明天就趕緊交出籃球社的入社申請好了。我不太情願的跟著修平走了。

來到操場上，田徑社活動的範圍周邊，除了我們之外，竟沒有其他參觀者。果然，田徑社沒人氣。我睜大眼睛，看看站哪裡比較好時，顧問滿田老師走過來。他平常是個大嗓門又愛斥喝的老師。

「歡迎你們。田徑社不錯吧。」

老師笑嘻嘻地說，可是光是這樣就已經夠恐怖了。那是只有現在為了迎接新社員才出現的笑臉。只要加入，一定會被他狠操。為了怕不小心被當成社員，修平點頭應諾時，我只是微微點點頭。

「你們慢慢看。好了，集合！」

滿田老師一高呼，在各處跑步的學長們都迅速的跑回來。

「今天難得有一年級的學生來看我們，所以我們做點他們看得懂的練習吧。」

「是。」

「做個長距離短距離可以一起進行的練習好了。對了，就一千六百公尺接力吧。長距離對短距離。」

滿田老師只是簡單下達指令，學長們立刻分散，開始準備。從他們清晰的回答和迅捷的行動，就可知道老師的嚴格。

田徑社的社員都是男生，二年級四人，三年級三人，一共只有七人。只比五人的男子排球隊多一點，是人數第二少的社團。然而，七個人跑接力，不是奇數嗎？心裡正如此思忖時，滿田老師叫來一個學長。

「桝井，你去跑八百。」

大家都只跑四百公尺，學長真可憐。但這個叫桝井的二年級學長卻笑容燦爛的回答：「知道了。」

「四百公尺接力，在小學時也有看過。但一千六百卻相當少見吧？就是這個微妙的距離，讓人覺得有趣。」

滿田老師說得沒錯，我和修平從大家一起跑就被接力迷住了。

四百公尺不管對長跑，還是短跑都是個困難的距離。比賽從一開始就互相競爭。起跑之後短距離的選手衝鋒，到了後半，長跑選手追過，但是，短跑的接棒比長跑好得太多。交棒的瞬間短跑便占優勢。然後長跑者從半途逐步逼近，我和修平雖然並沒有為哪一邊加油，但都看得熱血沸騰。

然後，長跑者的棒子交給第三位跑者時，我瞪大了眼睛。前面幾位學長的跑步已經很厲害了，不禁覺得果然國中生就是不同。但是，這位跑者一出現，大家完全被比下去了。映在眼前的是從來沒有見過的跑法。長跑第三棒桝井學長，從一起跑便倏地穿越而出。他的動作沒有一絲一毫多餘之處，展現切風而跑的速度與沉穩的安定感。他的力量不斷泉湧而出，宛如輕盈的飛翔。

「很快吧？他是二年級的桝井。你練習的話，也會那麼快哦。」滿田老師對我說。

我能像那樣跑？真的能跑得那麼快嗎？像那位學長般輕巧又有力嗎？我的目光無法從桝井學長身上移開了。

2

升上二年級的四月，田徑社的顧問換成了上原老師。滿田老師調到別的中學去了。以前魔鬼般操持田徑社的滿田老師不在了，大家都樂翻了。再也不用被大聲怒喝，或是被要求嚴格練習，不禁覺得世界真美好。但是這種快樂只持續一星期就消失了。田徑社的氣氛不到十天就陡然一變。

集合拖拖拉拉，比以前花上三倍時間，練習時只曉得偷懶。團員人數少，好不容易才維持住，但社團裡的活動卻鬆懈怠慢。

「變得輕鬆雖然好，但總覺得不太對。」

練習之後，我和修平一起耙土時忍不住抱怨。以前，整理操場的工作都是全體社員一起做，但最近，岡下和城田學長都練完就走了。

「雖然那麼恐怖，但還是滿懷念滿田的。」修平也說。

大家雖然都怕得半死，但是都喜歡滿田老師。我們心裡都明白，他是真的想加強我們的實力。所以，我們都想回報老師的辛勞。

「得趁現在請學長多教我們一些技巧才行，上原什麼都不懂。」

修平朝上原老師的方向看了一眼。正在幫忙整理操場的老師，因為不太習慣釘耙，被它搞得團團轉。

「短跑的學長在七月大賽後就退出了。」

田徑社分為長跑組和短跑組，個別進行練習。長跑組的三年級生會一直出席到驛傳結束。短跑組在夏季大賽結束後，就只剩一年級和二年級學生了。

「七月真是一眨眼就過了。不過長跑組可就更傷腦筋了。」

「怎麼說？」我歪著頭問。

「就是驛傳啊。」

「有驛傳才好不是嗎？這樣的話，桝井學長和設樂學長都會來練習到十月。」

「話是沒錯。可是前提是，誰來跑驛傳呢？」

修平一說，我的腦子裡開始轉了起來。

「的確沒錯……」

以前驛傳的團員，都是滿田老師一聲號令召集而來的。就算田徑社員人數少，但滿田老師會拉來腳程快的學生，從暑假時開始嚴格訓練，進軍全縣大賽。但滿田老師今年不在了。田徑社的長跑組三年級只剩桝井和設樂學長。二年級只有我，一年級還不能成為戰力。短跑的三年級生已經公開宣布不參加驛傳，而修平的專長在跳遠，沒有跑長距離的實力。現下只有三個人，是驛傳人數的一半。姑且把可能可以跑的人先找來出賽，是不可能贏的。到底該怎麼辦好？

「今年不可能晉級全縣大賽了。」

修平一使勁挑起釘耙。

「桝井學長一定會想出辦法的。」我像唱歌似地說。

去年驛傳大賽，桝井學長跑第二區。第一區的三年級在一開始起跑時就慢了一大步。到了二區，以第十四名交出彩帶。候補的我和滿田老師在總部看到成績快報進來。「十四名啊。這下子有點難了。」難得連老師也面色沉重。第一區強敵環伺，要進前三名有困難。然而，至少希望他能保持在前十名。結果這個預期大大落空。「沒問題，接下來是桝井學長。」我半認真半祈禱的說。然而，桝井學長跑出了超出我期望的成績。他刷新區段記錄，排名升到第六名。

不論何時他都是如此，不管是跑步或是其他時候，桝井學長都具有化腐朽為神奇的力量。

「你說桝井學長嗎？」

修平看著桝井學長說。他和一年級生在整理釘耙。我入社時，他也是那麼仔細的叮嚀我。

「嗯。桝井學長的話，一定會想出辦法。」

不是一定，是絕對。我抬頭看著春天溫柔的夕陽。春天一結束，夏天一定會來到。炎熱的夏天，今年也同樣會把我們烤焦。

3

以前驛傳練習總是從七月底開始，但今年提前了一個月，從六月就開始了。

「店鋪開張的話，也許有人會不小心走錯，走來這裡。」

桝井學長開玩笑地說，但遺憾的是，梅雨期間一直保持「暫停營業」的狀態。

不過，梅雨結束的同時，來了個意想不到的人——大田學長。學校最大問題學生大田學長要成為我們的一員了。我雖然吃驚，但大家沉悶的心情一掃而空。竟然叫得動從來都沒好好上過課的大田學長，照這個模式走下去的話，應該可以輕鬆招齊團員。未來一片光明。大家都這麼想。

可是，從那天之後，卻一直原地踏步。桝井學長說服了大田學長之後，對下一個人卻束手無策。

「時間過得好快。一轉眼又到暑假了。」

結束練習的桝井學長一反身就躺在操場上。可能因為他手長腳長，看起來比實際身高還巨大。

「放暑假我是很開心啦。」

我也一樣仰躺下來，伸展手腳。近中午越見熾烈的陽光，快把剛跑完近十五公里的身體烤熟了。這種光亮常會讓人陷入永遠還有時間的錯覺，但時間正一分一秒的流逝。驛傳比賽即將臨頭的焦慮和對每一日長短的漫不經心，我們就在這種不安定感中，度過沒有把握的每一天。

「渡部學長真頑固。」

我受不了太陽的刺眼，把身體翻過來趴著。最近，桝井學長為了說服渡部學長加入，天天都到音樂室報到。

「就是啊，爽快一點答應來跑步多好呢！這傢伙有點難纏，跟大田不一樣。」

「我跟他同一所小學。以前就聽說他是個怪胎。」

「怪胎也要看狀況吧。渡部如果加入，我們就能贏。」

「真的嗎？」

「嗯嗯。渡部的腳程很快。但是，不管怎麼勸，他就是不肯輕易鬆口。」

桝井學長的名字叫日向。人如其名，他從來不閃避陽光。他現在就在太陽的正下方抬頭看。

「對了，那我也一起去。」

「你去哪？」

「桝井學長，今天也要去渡部學長那裡吧？」

「是啊。」

「去遊說他好像很有意思，我也想試試。」

我縱身坐起來，雖然桝井學長什麼事都一手包辦，但也並非什麼事都得他一個人做。桝井總是一臉不在乎的迅速完成，所以我們會理所當然的任它過去。但是他當社長，跑得比別人多一倍，還要去招攬新社員，想也知道一定很累。桝井學長嘴上雖然說有點不好意思，但看得出他如釋重負。

「暑假期間跑進音樂室，感覺好像去搗蛋呢。」

我跟著桝井學長進入音樂室時，兀自咕噥道。

音樂室裡，渡部學長獨自在吹奏樂器。雖然我聽不出來他吹得好不好，也不知道他吹的是什麼曲子，不過，桝井學長和我都靜靜的等他演奏完。

「今天變成兩個人啦？」

渡部學長吹完一曲之後，瞄了我一眼。

「對啊，他是我的好幫手俊介。」

桝井學長介紹了我，渡部學長說：「誰來都沒有用啦。」不知是不是因為長長的瀏海，看起來架子擺得很高。

「你自己一個人吹笛子嗎？」

我四下望了望，沒有其他管樂社的團員。

「不行嗎？」
「不是，只是覺得你好用功。」
「我只是因為想吹才吹的。」
渡部學長說完，開始整理樂器。
「這笛子看起來好重啊，我從來沒這麼近看過長笛之外的笛子耶。」
「什麼笛子！這是薩克斯風。你連這個都不知道嗎？」
渡部學長雖然很不耐煩，但還是把剛收進去的樂器拿到我眼前打開來，樂器閃著金色的光輝。
「這支喇叭看起來好像很貴。」
「怎麼又變喇叭了啦。剛才不是告訴你是薩克斯風嗎？這裡有個彎，完全不一樣好嗎。」
渡部學長把薩克斯風在我眼前轉了一圈。他的手指纖細，很適合吹薩克斯風。
「好漂亮的樂器。啊，重點不在這裡。請你參加驛傳吧，麻煩你。」
我突然想起似的轉入正題。桝井學長噗哧一笑，渡部學長咂了一聲說：「這傢伙在幹嘛？」
「他很有趣吧。我和俊介，還有其他團員都在等著你來。」
「我不想跑，說過多少次了——」

渡部學長收拾完薩克斯風，接著開始打掃音樂室。他把多達三十張的椅子一一收進桌子下。因為年級不同，所以我不知道渡部學長的跑步功力。不過一個人能單獨做這麼不起眼的差事，肯定適合長跑。

「渡部學長，可是你明明跑得那麼快……」

我忍不住開口。

「小子，你根本沒看過我跑吧。」

「我沒看過，不過我知道。」

「你說什麼鬼話，二年級的少在這裡胡說八道！」

「對厚，我是學弟。」

我縮縮肩膀，看來太不知分寸了。但渡部又補充道：「不管是學長還是學弟都沒差。」

「總之，渡部學長，請你來參加練習，如果你不參加驛傳，我和桝井學長都會很頭痛。」

「你的頭痛不痛，不關我的事。」

「即使我們以前的努力都付諸流水，你也不在乎嗎？」

「那的確是可惜了哦。」

真是個怪人。渡部酸溜溜的說了一句，卻立刻看看我的表情。對於初次交手的我，他似乎不知道要怎樣拿捏才好。我的心情不禁變得愉悅。

「桝井學長，渡部學長如果來參加的話，今年驛傳就十全十美了。」

「對，俊介說得沒錯，你如果來的話，我們一定會贏。」

「喔，這樣喔。」

「別這麼說嘛，如果渡部學長你願意跑，那就太好了。」

「受不了，你們太煩人了。我要鎖門了，快點出去！」

我和桝井學長兩人聯手進攻，渡部學長漸漸寡不敵眾，不由分說推我們出教室。

「我們明天會再來哦。」

被趕出去時，我不忘叮嚀道。

此後，驛傳練習結束便到音樂室勸說渡部學長，成了我和桝井學長的例行公事。

「啊——今天又被甩了。」走下學校前面的坡道，桝井學長嘆息道。

每天一再地好言相勸，緊迫盯人，然後被掃地出門，就算是能人如桝井學長也是會累的。不過我倒不覺得苦。我很開心能跟桝井學長兩人一起行動，跟渡部學長說話也很有趣。

「渡部學長是個難纏的人耶。」

「本來希望八月底前能把團員確定下來呢。」

「這樣下去，就只有學長、設樂學長、我和大田學長了……剩下的名額叫一年級來跑嗎？」

「只能那麼做了。但是希望能免則免。」桝井學長斬釘截鐵的說。

一年級生參加驛傳並不是壞事。可是，想以這個陣容晉級絕無可能，只會變成參加就是榮譽了。

「照理說渡部應該會覺得跑跑也無妨才對。」

「看起來的確是這樣啊。」

渡部學長雖然說他不想跑，但他並沒有要我們去拜託別人，心底似乎有點同情我們。可是，同樣的攻防一直重複下去，似乎也看不到出口。

「有沒有什麼好點子？」

我搖搖頭。

「想來也是。」

桝井學長呆呆的凝視遠方，他天天去找渡部學長已經快一個月了，想必是有些黔驢技窮。

「對了，我們去拜託上原老師怎麼樣？」

「上原老師？」

桝井學長聽到我的提議，睜大了眼睛。

「對，上原老師很不像田徑社的人嘛。不同作風的人出場，也許渡部學長會願意聽她的話。」

「可是，那個老師能說服得了嗎？」

桝井學長皺起眉頭，上原老師平常總是手忙腳亂的樣子，實在很難想像她說服得了別人。

「可能不需要辛苦說服。老師也不喜歡驛傳，派她出馬，也許渡部學長比較沒有壓力。」

「也許有可能。」

「而且上原老師教的是美術，渡部學長是管樂社的，同一種特性的人說的話，可能比較聽得進去。」

渡部學長在社團活動後還獨自留下來練習，可見他喜歡音樂。而且渡部學長老是抬出藝術家的派頭，與其讓我們這些只知道跑步的人去勸他，上原老師說話也許他比較願意聽。

「真的嗎？」

「她是顧問，去請她幫忙是沒問題的。」

「也對……有道理。」

「對對，走，我們去拜託她吧。」

想出好主意而興高采烈的我，推著不甘願的學長去找老師去了。

我們拜託老師後隔兩天，渡部學長就來練習了。老師只花了一天時間就攻陷渡部學長，令人意想不到。桝井學長苦口婆心耗多少天都說服不了呢。然而，桝井學長還是心悅誠服的向上原說：「謝謝老師。」不論什麼時候，學長都這麼大方。彷彿從來不會把不甘或彆扭放在心裡似的。

渡部學長加入一星期後，二郎學長也進了團隊。從來不煩擾別人，一路順遂的二郎學長，跑得並不快，對田徑也不熟悉。可是，連我也看得出大家都覺得二郎能來真是太好了。

二郎學長不是問上原老師「該怎麼跑比較好？」，就是勸告大家「今天大田火氣很大，最好離他遠點」。沒人敢說出口的話，他都沒有顧忌的想說便說。光是這點，就為我們的隊伍送來一陣清風。

「成員終於到齊了。」

桝井學長在告訴其他人之前，搶先跑來跟我說。

「這樣，我們就能跑驛傳了。」

暑假剛過了一半，即將開始的日子，令我興致勃勃。

4

好耀眼。那是桝井學長。他活力十足的跑姿，和對大家吶喊的模樣都那麼閃亮。長得帥也是原因之一。帶點褐色的明亮眼眸，嘴角微微上揚，不管是在笑或是嬉鬧，桝井學長總是分寸精準。但是，他看起來如此閃耀，全是因為不論對任何人或對任何事都勇於面對。桝井學長從不威嚇，也不膽怯，既不慌張也不憤怒，總是和藹而開朗。

不過，桝井學長最近有些陰鬱，陷入低潮了。自從暑假開始後，他的成績就每況愈下。連單純的野外訓練，跑到後半時身體便越來越沉。雖然三公里保持在九分多的範圍，但看得出他只是勉強維持，既沒有衝勁也沒有力道。桝井學長從前如破風閃電般的跑法，已經有一陣子沒看到了。

運動隨時會出現故障，有時也會遇到瓶頸。像是設樂學長上了三年級，記錄就退步了。可是我知道，那是屬於可以克服的種類。但桝井學長不一樣，從他跑步中感受不到力量；而且不知是不是因為這緣故，桝井學長微微顯露出與平時不一樣的氣息。

以前，不論練習再怎麼艱難，他的臉上從來不會出現痛苦的表情。即使顧問換成上原老師之後，明明他應該比任何人都驚訝，卻以社長的身分鼓勵我們。但最近他不時露出深思或不安的神情。當然，桝井學長都會在別人注意到之前，對大家露出燦爛的笑容。不過，那落寞的一瞬間，還是令我擔心不已。

就在這個狀態下，驛傳練習開始，並且去參加第一次正式的記錄會。我從一年級開始，就很喜歡到校外參加大賽或練習會。一方面那是測試自己的好機會，但能在大場地看著桝井學長跑步，更是件愉快的事。桝井學長的跑況，在大田徑場上會更具威力。然而，這次卻很沉重。學長的低潮也許會反映在記錄上。這麼一想，我便坐立難安。

參加第二組的我和設樂學長，一同觀看桝井學長排入的第一組比賽。第一組的選手從手腳的肌肉發達狀況就可見差異。他們全是體魄精悍、柔韌，可輕鬆以九分半前跑完三公里的選手。

比賽靜靜的展開。大家都是熟練的老手，因此沒人做無謂的衝刺。不只是速度，還具備了冷靜。開跑後，桝井學長跑在領先群的中間。到這裡為止，都還是他正常的狀態。

但是，通過兩公里點，大家開始提升速度的同時，桝井學長便從領先群脫隊。他沒有像其他選手那樣加速。光是跑的動作就一直在消耗力氣，且沒有新的力氣湧出來。當大家都奮力向前衝時，桝井學長已被追過，落到第二群的後面。

本來桝井學長有能力突圍的，但跑在眼前的他，手腳重如千斤，幾次搖晃身體想要奮起，卻還是無法轉換。桝井學長的身體光是應付雙腳邁步就已竭盡全力。他已不是那個不論跑多久都不會累、令我暗暗吃驚的桝井學長了。

「還剩一點點，加速啊！」

我拚命的叫著。設樂學長也用比平時更尖銳的聲音大喊：「桝井，就是現在！」

然而，桝井學長直到最後都沒有加速。他的身體擠出最後的力氣，再也沒有殘存了。到達終點時，第十二名。這是我第一次看到桝井學長沒進三名內。

「你沒事嗎？」

我跑近終點。

「嗯嗯，沒事。」桝井學長拿了毛巾擦汗，一邊回答。

「狀況不太好呀。」我盡可能用輕而清晰的聲音委婉的說。

「嗯，是啊。」

桝井學長的呼吸比平常更喘，他究竟是用什麼樣的心情來面對這個結果呢？我得說點什麼話才行，可是，鼓勵——好像時機不對，建議——我哪有那個資格。正當我不知該說什麼，桝井學長浮起歉疚的笑容說：「沒跑好，真不好意思耶。」

那張軟弱的臉令我的心頭緊緊一揪。

桝井學長是我崇拜的偶像。他充滿自信，閃閃發光，只要站在他身邊，就連我也跟著亮起來。然而，現在的他不一樣。總是跑在我前面的桝井學長，站在跟我一樣的位置。並不是對他失望，只是學長這樣子讓我的心懸盪不已。

「下一輪是你吧，俊介？加油哦！」

正為自己含糊未清的情感而困惑時，桝井學長對我說道。他的臉上已經恢復原有的清朗表情。

現在我所能做的就是去跑。我必須比以前跑得更快才行。桝井學長跑不出原有水準的話，我更要努力才行。我得跑出足以和學長匹敵的速度才行。

「我去了。」

我匆匆跑到起跑點。

「各位，吃午飯了！先填飽肚子再說。」

所有團員的比賽結束，大家一起做完緩和操後，桝井學長如此朗聲宣布。眾人紛紛吵著「好餓」、「終於開飯啦」，一邊從背包拿出午餐來。記錄會或練習會之後，我們總是在帳棚吃午飯。在接送巴士到達前只有十五分鐘左右，但大家都很開心的享受這段時間。

「雖然只是一根香蕉，可是在帳棚裡就覺得特別好吃耶。」

二郎雙頰鼓起，吃得樂在其中。大田指著隔壁的帳棚說：「喂，你們看。」

「啥？」

大家順著大田的手指看過去，隔壁帳棚裡，加瀨中女子田徑隊嘻嘻哈哈的在吃便當。

「每個長得都很正耶。」

「哦，真的耶。這附近的國中，水準比較高嘛。」

大田的話立刻得到二郎的附和。

「我喜歡右邊那個捲袖子的。」

「沒想到大田喜歡那種純情女生。我喜歡現在在吃麵包那個。」

二郎和大田為了誰比較可愛，討論得很熱烈。

「拜託你們兩個，很丟臉耶！」

上原老師對他們兩個發出驚呼，帶了慰勞品來的二郎媽媽也說：「你們兩個人家都看不上眼啦。能不能聊點像樣的話！」然後習以為常又敲了二郎的頭。

「總是聊驛傳或功課很奇怪耶。我們是國中生啊。」根本沒做過功課的大田學長抗議道。

「對對，聊女孩子的時候最快活。」二郎笑著附和。

我喜歡比賽之後這種和平的氣氛，有種從壓力或奮鬥中解脫開來的愉悅。桝井學長一如往常，還是那麼開朗。剛才的比賽好像都已暫時忘到腦後。太好了，我悠哉的嚼著卡路里良伴，但是，二郎接下來說的話，尖銳得令我耳朵發疼。

「欸，桝井呢？你喜歡哪個女生？」

「我看看，我喜歡頭髮鬈鬈的那個。」

桝井學長回答的時候，我的體內掠過一陣被捏爆般的疼痛，心臟劇烈搏動彷彿就快停止。我到底是怎麼回事？他們只是聊些一般的八卦而已。我這麼告訴自己，可是卻無濟於事。

我在期待些什麼呢？以為桝井學長會說他對女生沒有興趣嗎？不，不是的。我壓根沒有這種想法。只是，眼前的現實令我窒息是事實。我已經無法再繼續待在帳棚裡。

「哇，好好吃哦。」

我離開帳棚，走到坐在稍遠處打開便當的渡部學長旁。

「幹嘛？」

「我在想你一個人吃飯會不會寂寞。」

「怎麼可能。」

渡部學長只對在一旁坐下的我瞄了一眼，然後又快速吃起便當。令人驚奇的是，他的便當菜色非常豐富，每一樣都是下了功夫仔細做的，沒有任何冷凍食品。

「你自己沒有東西吃嗎？」看我盯著便當瞧，渡部學長說。

「有啊，我有得吃。」

「真拿你沒辦法，吃吧。」

渡部把便當盒塞到我眼前，我半點不客氣的夾了塊豬肉。包了梅乾的豬肉帶著點淡淡的酸甜味道。

「俊介，你跑得越來越有勁道了。」

渡部收拾好便當，望著田徑場的中央說。

「會嗎？」

「嗯嗯，我不是田徑社，也沒有觀察很久，不過，可以看出你每跑一次，力道就加強一次。」

「渡部學長也跑得很棒。」

聽我這麼說，渡部學長皺起臉答：「不懂別亂說。」

看起來會越變越強，蘊含了許多潛力的跑法——這是渡部學長對我的評價。真是如此嗎？如果是真的，我到底會有多大的潛力呢？

5

九月過了一半，夏天開始遠離。我們這地方，只要秋天腳步一走近，立刻就能一目了然。蛙和蟬震天價響的鳴聲漸漸聽不到了。田裡開始收割，可見的綠意也大幅減少。

太陽一西斜，拂面而來的風即帶著涼意，驛傳大賽已迫在眉睫。

到了這段期間，大家的跑步實力也都有了進步。沒經驗的人突飛猛進，渡部、二郎和大田學長都變得又快又強，令人快慰。

相對的，桝井學長的狀況還是未見好轉。第二次記錄會中，他只比上次的十二名進步兩名，成績停留在第十名。

「我進步了兩名，請赦罪。」桝井學長搞笑地說。

而我也絞盡腦汁，丟個玩笑說：

「照這個步調來看，下次可以到第八名。」

我自己雖然也變快了，但距離桝井學長原有的水準還相當遠。總是在後半還留著餘力。我必須讓身體更加熟悉三公里的跑法才行。

驛傳大賽一天天接近中，發生了一道大震撼。桝井學長發表了區段名單。離大賽只剩一個月，上原老師又不太懂，所以桝井學長決定區段跑者是對的。但大家困惑的是他的分配。他把自己排在第五區，而讓我跑六區。

我一直認為桝井學長理所當然跑最後一棒，所以指派我到六區讓我大吃一驚。同樣令我感到衝擊的，還有桝井學長的話。他竟然對著無法接受發表名單的上原老師說：

「除非滿田老師回來。」

桝井學長絕對不是會說這種話的人，就算受到別人攻擊，他也都寬宏大量的接受；就算自己的狀況不好，也時時為大家加油打氣。這就是桝井學長。而他現在卻傷害了別人。

難道不安和焦慮減損了桝井學長的體貼和寬容嗎？難道他那份比誰都能跑的自信已經崩潰得超乎我的想像嗎？

「你嚇到了？」

發表區段名單後的歸途上，走下學校前的坡道時，桝井學長問我。幾乎已無殘光的夕陽，將天空渲染成淡淡的橘色。

「嗯，算是吧。」

「我相當認真考慮才做的決定。現在的你，還是比較快。」

他已沒有發表區段時的嚴肅，而是帶著輕快的口氣說。

「會嗎？」

「俊介，這一個月中，你的進步令人跌破眼鏡。」

「沒啦……」我不知道該怎麼回答，只好含糊以對。

「不管怎麼說，你現在都在巔峰狀態。而且，驛傳需要的是一股勁。」

「說的也是。」

「以你現在的威力，不論在什麼狀況下，都能以自己的跑法跑完全程。現在的你，不論哪個區段都能跑啦。」

雖然得到這樣的讚美，但我一點兒也不開心。桝井學長真正的想法是什麼？我的腦袋完全無法思考。

「如果真能跑得那麼順就好了。」

「照你的狀況，沒問題啦。」

「我沒把握。」

「你絕對沒問題的啦。而且……其實你還留了一手吧，俊介？」

走到坡底的時候，桝井學長停下腳步看著我的臉。

「留一手是什麼意思？」

我也抬眼看著桝井學長。他的個子比我高一點點。

「俊介，你是不是覺得不能超過我？明明還能再跑快一點的，但好像在哪兒踩了煞車似的。」

「這是什麼意思？」

「你可以再拿出真本事來跑，不需要顧慮我。」

桝井學長雖然說得很認真，但我覺得整個人都冷了下來。

桝井學長真的以為我會做出那麼顯而易見、那種漫畫、連續劇老梗、廉價青春式的行為嗎？我仰慕桝井學長，但是，哦不，正是因為如此，所以在跑步上，我一向嚴肅以對。我認為這是對桝井前輩的心情的回報。但這麼簡單的道理，他竟然不知道。

「好啊。」

我自暴自棄似的吐出一句。我什麼都不想說，也什麼都不想再想。桝井學長看著我，只是笑笑說了句：「對嘛，加油啊。」

難以排遣的情緒在我心中翻騰，無法平息。在這股情緒之下，我不想直接回家，只想單獨一個人好好想一下。打開自己的心結，讓它揭露出來，是件很恐怖的事。所以我和學長分別後，跑去修平家按門鈴。

「哦，俊介，練跑完還不累啊？」

修平穿著運動衫加短褲，一副居家模樣來應門。

「你不會在吃晚飯了吧？」

「還沒。怎麼了？」

「沒事，只是回家途中順道過來一下。」

我不知該怎麼回答修平的疑問，他接著說：「對了，我們到空地上去吃零嘴吧。我去拿洋芋片。」修平家前面有一片空地，坐在那裡一邊吃零嘴一邊打屁，是我們小學時經常做的事。

「練習操得很凶吧？」

修平也不怕髒，盤腿在草地上坐下來。

「因為距離正式比賽不到一個月了。」

「俊介，二年級只有你一個人，還是太辛苦了。其實，我就算不能跑，也應該去練一練才對。」

修平經常這麼跟我說。但是，獨自一個人並不辛苦。在國中，年級間的差距雖然很大，但是跑的時候學長學弟之間的隔閡就會消失不見。

「不用啦。三年級他們全都是好人。不過，今天發表了區段名單。」

「哦哦，俊介，你哪區？」

我說了他們要我跑最後一棒。「這太奇怪了吧。」修平同意我的看法，但他也鼓勵我：「可是，如果俊介來跑一定沒問題，加油！」在這種狀況下，我的心情應該稍微輕鬆了點，可是，心中的翻騰一點也沒有消失。其實我想坦白的不是這件事。我悄悄地開了口。

「桝井學長他……」

「桝井學長怎麼樣？」

「他一直在低潮。」

「好像是。」

「我看到他低潮，才察覺到……」

「俊介，你真的很細心注意桝井學長耶。根本算是觀察了吧。」

夜色即將濃重起來，隱約間可以看到修平在笑。

「是啊。而且喔……」

「因為剛入社的時候起，你就相當崇拜他吧？」

「一開始的確是這麼覺得。」

崇拜桝井學長，想變成跟他一樣，所以加入田徑社。但是，不知從何時開始，我對桝井學長的感覺，已經超過崇拜或尊敬的領域。只要在一起便覺得快樂，總是跟在他後面跑。但是，現在的我渴望的更多了。我自己也不知道該怎麼面對這種無以名之的情緒。

「桝井學長太帥了，他那爽朗的個性的確值得人崇拜。」

「你說得沒錯，不過我現在不是崇拜。」

「俊介，難道你的崇拜消失了？可是，就算桝井學長再怎麼能幹，快到驛傳之前會疲倦，也會有些拙樣吧？」

「有點拙也無所謂。我的意思是……」

「驛傳真是辛苦啊，竟然能把桝井學長搞得人仰馬翻。雖然我這個沒跑的人沒資格說這些。」

與修平的對話一直雞同鴨講。我想說的事不是這些……當我正想這麼說時，才終於意識到，修平一直跳過我想說的主題。

我該再往前踏出一步呢？應該開門見山的進入正題嗎？我望著坐在身邊的修平思考著。而他還在滔滔不絕的說：「俊介現在在二年級當中有點像明星耶，因為你單槍匹馬參加驛傳。我身邊的女生都說河合君好帥氣。」

「我們是朋友吧」、「還是死黨好」這類的話我在國中時期聽過好幾次。老師則會像背書一樣說：「只是在一起玩樂並不是朋友。」公民道德課本上也舉出許多以伙伴或友情為題材的故事。但是，我們可能不知道朋友是什麼，死黨又是什麼，但我知道只是在一起玩樂，是寂寞的。我也明白如果能有個對象讓我傾吐心事，我的負荷就會輕得多。但是，我能對朋友吐露這些心事嗎？

「啊，對了。大田學長會不會很可怕啊？」

修平見我在發呆，拍了一下我的肩。

「大田學長？」

「對啊。大田學長要跑驛傳，聽了都覺得害怕。」

「其實啊，大田學長也有十分認真的一面，是我們意想不到的。」

如果連在一起玩樂的朋友都沒有，我會更痛苦。所以我開始說起大田學長在跑驛傳時好笑的糗事。

6

九月三十日，舉行最後一次熱身。天空不巧轉陰了。天氣會對我們會產生影響，雖然並不嚴重就是了。因為清晨早起和天氣陰霾的關係，大家都比平常沉默許多。

「天空雖然沉重，但跑起來就會變輕嘍。不過，濕氣太高，大田的染色劑會變得黏黏的哦。」

桝井學長做著預備體操邊笑著說。

「你少烏鴉嘴，最近染色劑的品質很好咧。」

大田學長皺著眉回答。

「設樂最不怕陰天了。參加記錄會時，壞天氣的成績還比晴天時好呢。也許這種天氣對他正合適。」

桝井學長想方設法的想提高大家的士氣。自己的狀況都快火燒屁股了，你這樣不覺得吃力嗎？我不知為何覺得如坐針氈。

「但是我喜歡下雨耶。濕淋淋地跑步的身影，令人感動。」二郎一邊拉筋說道。

「有什麼好感動的。」

渡部學長立刻吐槽。

「克服困難勇往直前的身影，簡直是賺人熱淚啊。」

「下點雨就當成困難，你這傢伙還真是個笨蛋。」

二郎不在乎渡部學長的奚落，反而搞笑說：「如果你站在大家雨中奔跑的身影後方，用薩克斯風吹起〈崖上的波妞〉，感動還會加倍哦。」大家全都哄堂大笑。

二郎學長真是個人來瘋。他既沒有心眼、沒有架子和多餘的顧慮，因而療癒了我們。

一旦開跑，天候狀況或是最後熱身的緊張感都不再重要。大家都提高了面對比賽的意識。

桝井學長以九分四十二秒跑完第五區。以他的水準，這條路線可以用九分十秒左右跑完。三十秒，這段沒趕上的時間給桝井學長帶來多大的壓力啊。

我還是一如以往的不急躁、以前所未有的專注力集中在跑步上，絕對沒有不能超越桝井學長的想法。我知道，對學長來說，快過學弟的優越感沒有意義。桝井學長真正的心願，我要幫他達成。

我試著回想學長平時的跑法。前半段並沒有抑制，而是讓身體習慣勁道的同時，儲備體力。等到身體完全習慣步調時，再將體力解放。我在腦海中模擬著學長的樣子，一面奔跑。九分三十六秒，以六區複雜路線的記錄來說，是很漂亮的成績。

們。

「今天俊介的狀況，非常有力道。」

中午休息時，設樂學長對我說。設樂學長一向沉默寡言，但他都很仔細的在關注我們。

「真的嗎？若是如此就太好了。」我大聲回答。

也許是最後熱身賽結束的解放感，帳棚中吃午飯的氣氛比平時更熱鬧，二郎和大田打鬧嬉戲的好像去遠足。

「你不只是在開頭或最後特別著力，整個三公里中都保持得很平均。」

「謝謝。」

我向設樂學長道謝，但他害羞似的垂下眼睛說：「沒有，這話不是我說的。」

「俊介，今天的速度很好哦。」桝井學長也讚美我的表現。

「嗯，還好。」

「很行嘛。真酷耶。」

「謝謝。」

「我就說你果然能跑嘛。俊介。」

果然。很遺憾，桝井學長說了這個詞。

今天的成績些微的贏了學長。我不想聽他接下來可能會說的話。

「我可能跟設樂學長一樣，適合陰天跑步吧。咦，渡部學長又跑去那邊吃飯了。」

我在桝井學長繼續說話之前，逃出了帳棚。還好有個可以避難的地方。

「你為什麼每次吃飯的時候就要跑來？」

我一走近，渡部學長果然擺出了臭臉。

「我想這是最後一次熱身賽了，一個人吃飯很悲慘吧？」

「我喜歡一個人靜靜的吃。」

「我也覺得這裡特別舒服。」

「煩人的傢伙。」

渡部學長皺著臉，卻把手上的便當遞給坐在旁邊的我。

渡部學長帶的便當看起來真的非常美味可口。我立刻抓了一塊照燒雞肉。甜甜辣辣的滋味藏著生薑的味道。跟家裡奶奶的味道一模一樣。我這麼說時，渡部學長露出不高興的表情。每次我一提到「奶奶」兩個字，渡部學長一定會皺起眉頭。到底在討厭什麼呢？我一面思忖著一面把蛋捲放進嘴裡。果然好吃極了。這是桝井學長也喜歡的甜味。我道出感想，渡部學長卻答：「你說什麼都會講到桝井耶。」

「嗄？」

「動不動就提到桝井哦。」

這句話是什麼意思？我打量著渡部學長的臉，然後說：「渡部學長，你討厭奶奶嗎？」用問題代替回答。

我們彼此都察覺到對方的心事。而我們應該踏進去嗎？應該說破它嗎？我猶豫著。我再次凝視著渡部學長的臉。該怎麼做呢？連修平都不想知道的我的心事，可以向渡部學長傾訴嗎？

「我不喜歡的是家裡只有奶奶。我不只是跟奶奶親，而且從小學開始就跟奶奶一起生活了。」

渡部學長銜著舉棋不定的我莞爾一笑，一口氣打開了心門。

「和奶奶一起生活之後，我再也沒有見過爸爸和媽媽。反正他們倆的樣子，我也記得不太清楚了。」

渡部學長就像是打開的水龍頭般，娓娓說出他的出生、成長的環境和為此苦惱的自己。

「我想扮演一個和大家一樣的平凡國中生，但好像還是哪裡有點怪。」

「渡部學長，你該不會是為了想裝得平凡，才進管樂社，而且留瀏海吧？」

渡部學長聽到我的問題，噗哧大笑出來。

「那是因為我以為學樂器會看起來像好人家的子弟，不過是我想錯了吧？至於瀏海嘛，是它自己長長的。」

我們心裡的負荷應該都很沉重，但是對話卻在不知不覺間，變得愉快起來。

「學長的意思是說，你為了掩飾身分，結果反而學會了薩克斯風？」

「算是吧。如果按著我原有的生活過日子，我可能會像你一樣，連薩克斯風和小喇叭的不同都分不出來。多虧了這道掩飾的工作呢。」

我不只掩飾自己，甚至轉過頭去，不想看自己心底深處的感受。希望這麼做能減少心中的痛楚。但是，不直視自己也很痛苦。

「你經常問起我奶奶的事，害我心裡怦怦跳。」

「我並不是要挖什麼祕密，不過，渡部學長，這都是因為你偶爾會透露一些傳統的老智慧。」

「莫非我像個老奶奶？」

渡部學長輕輕的吐了口氣，眉間的皺紋和戒備的神情都不見了。

接下來換我了。我也像渡部學長那樣，打開天窗說亮話吧。這麼做的話，心裡就會輕鬆許多。但當我試著這麼激勵自己時，才驚訝發現自己的心門有多重。以前別過頭不理的心情，已經沉重到自己都撐不起來的地步。

「渡部學長，你有知己好友嗎？」

「你覺得我會有嗎？」

渡部學長並沒有被我不識相的話嚇到。

「我覺得要定義什麼是知己好友很困難，但是，可以讓對方看到自己真心的人，應該就可以叫做好友吧。」

我不知道為什麼要說這句話。

「你喜歡他吧?」

渡部學長邊吃著蛋捲,咕噥了這一句,舉頭看天。

「大概是。」

我也看向天空。

朦朧廣闊的烏雲並沒有散去。我既沒有暴露什麼,也沒有敞開心胸。但是,有個人微微探觸到我的心底,那給了我一道溫柔的光。

7

我與渡部學長的彩帶,就像短距離接力般,沒有一絲空隙,也沒有浪費時間,精確的交接了。拜此之賜,我擺脫了勢均力敵的加瀨中,單獨成為第四名。在五區得到第四名,是充分進得了全縣大賽的位置。如果維持第四名,至少保住第五名的話,肯定能晉級。我的雙腳微微顫抖,求勝的意志充塞身體每個角落。就這樣,衝吧!我義無反顧的跨了出去。

最初的一公里持續平坦的道路，之後來到下坡。第五區的路線，大半都為長而緩的下坡，跑的是現在沒在耕作的田地旁、人煙稀少的道路。桝井學長發表區段名單之後，我已經看過無數次第五區的路線圖。

「突然這麼改，不知道能不能行得通？」

今天早上，一走出校門，上原老師立刻問我。

「要我跑五區對吧？」

「嗯，就是這麼回事。咦，你發現啦？」

上原老師縮起肩膀，好像小孩子惡作劇被發現一樣。

「哦，並沒有。」

我並沒有察覺到區段要改變的事，但是，不知為何，我的心底隱約覺得最後會是這個結果。最近的上原老師很認真的當起田徑社顧問，所以，也許我心裡認為她會做出正確的判斷，也可能是我期盼著還是讓桝井學長跑最後一棒。總之，我沒有任何疑慮。

「我並沒有察覺，不過我贊成。」

「太好了。河合，你沒有試跑過，突然調你跑五區沒問題嗎？」

老師多慮了。我不是沒有研究過桝井學長要跑的區段，對五區的路線，就和六區一樣記得滾瓜爛熟。

「交給我吧。」

十月來到中旬，清晨已有寒意。我讓冷空氣衝進鼻端，用力點點頭。

整個賽況顯得很悠哉，似乎都在等待下坡到來。後面的下坡就要爭勝負了。我希望在交給桝井學長之前，能再擠到前面一點。乾脆早別人一步拚了吧。就在到達下坡之前，我開始衝刺。然而，身體卻沒有反應。就在我邁不出步伐，再不快點就會太遲的時候，進入了下坡。到了這地步，只能順著下坡大力加速。我再次想提起勁頭，但是，腳還是運轉得不太流暢。柏油路比平常更硬了一點。可能是熱身不夠吧。不，不對，不能動的不只是腳。我本以為顫抖是因為太興奮的關係，結果不是。因為壓力，整個身體僵住了。我在緊張，跑到這裡我才第一次發現。

冷靜下來。不需要因為正式比賽就膽怯。像平常那樣，對，像桝井學長那樣跑就行了。我按捺著劇烈的心跳，回想著桝井學長跑步的身影。他不論何時都不會焦慮，不論何時都不會失去冷靜，跑得輕鬆自在。平常心很重要。但是，就在自我安慰間，加瀨中輕而易舉的超過了我。不只是加瀨中，周圍選手的速度，都配合下坡而逐漸加快。除了我之外，賽況正激烈的進行著。不行，我被甩掉了。心裡一急，腳也不靈活的剎那，一個人超過、兩個人超過，我已經落到第九名。

怎麼辦？這樣的話太對不起桝井學長，也無法實現桝井學長的心願。我得快點趕回來才行。我的腦海再次回想學長的跑步。那自在而活躍的跑姿。就照他那麼做。可是手和腳都不聽使喚。可能是被超過的震驚吧，還是化不開的緊張呢？身體兀自緊縮著，根本無法像桝井學長那樣跑。

不對，我為什麼要照他的跑法跑呢？為什麼到了這種時刻，我還要模仿他呢？模仿別人是不可能跑得順利的。我到底是為了什麼而跑？不跑出自己的步調像話嗎？第五區是我的區段，按著自己的步調跑吧。

我晃動身體，抬起頭。前面看得到五名選手。必須拋開雜念，一個一個追上，想辦法提高排名。我加大步伐，將自己的身體搭上下坡的速度。下坡時雙腳會自動前進。順著這個勢頭，手和腳便漸漸開始合乎律動了。呼吸穩定下來，平常的流暢快活也恢復到我的步伐中。就是這樣，保持這個速度，就能超越前面。我配合著坡度讓身體躍動起來。但是，失去的距離還是不太追得回來。最差也要在第六名交出彩帶。若不如此，就進不了全縣大賽。我的身體和大腦都知道這點，可是卻連一個名次也前進不了。

「因為把目標放在活動的物體上，所以跑起來吃力。」

當我專注著看著前面無法接近的選手背影，耳邊響起了桝井學長的話。一年級的時候，我一直追不上學長們，於是桝井學長這麼告訴我。

「例如，你把目標設在那根電線杆就行了。跑到那個位置時，再以下一根電線杆為目標。這麼一來，在一小段一小段完成目標的過程中，終點就到了。好，我們先一起努

力跑到那根電線杆吧。」

桝井學長經常像這樣陪我一起跑。

又來了。我又想起桝井學長。跑步的時候，桝井學長一定都在我的心裡。

「為某個人而做什麼事的時候，會發出驚人的威力哦。」

大田學長在熱身賽回程的公車上，曾經說過這句話。

「什麼意思呢？」剛好坐在隔壁的我問道。

「為自己做到某事，沒什麼大不了的。但是想到下一棒有二郎在等著，或是設樂拚了命跑來交給我，雖然想起來很恐怖，但也會發揮強大的力量。」

大田學長並不是田徑社的人，可是他能在跑動中強韌的多次衝刺，是因為他並不只為了自己。

融入比賽，順著力道。那就是我的跑法。可是，讓我融入的，給我力道的，永遠都是桝井學長。我崇拜著桝井學長，想變成跟他一樣。我想和桝井學長一起跑，成為他的助力。所以，我不停的奔跑著。一路跑來，桝井學長是我的一切。把它當成跑步的理由，也許不太正確。但是，這就是我的跑法，為了桝井學長而跑有什麼不對呢？明年，他就不在這兒了。我能為他而跑的機會，就只有現在。能將手中的彩帶傳給桝井學長，只有現在的我。為了某個人而擁有的力量，大大方方把它表現出來，有什麼不對。

我拚命的跑著，不是追著前面的選手，而是追著電線杆而跑。到下一根前竭盡全力，然後，再到下一根前加速。就這樣一次一點的提升速度，前面選手的背心倏地來到了身邊。還差一點。好，在下一個轉角之前，再加速吧。

「俊介，快到啦！」

轉過彎，我聽見桝井學長的聲音。

「俊介，從這裡開始短距離概念！」

我的身體直率的反映桝井學長的建議。剩下的路只有一百公尺。不是三公里的最後加速，而是用五十公尺短跑的方式，我將整個身體運轉到最高極限。

「俊介，就是那樣，衝到最後！」

照著桝井學長的話，宛如殺入敵陣般狂奔，在終點之前超過了一個人。交給桝井學長的彩帶排名第八。與我想交出的排名完全不同。但是，接過彩帶的桝井學長說：「相信我！」

六區

天空真美。接近十點的天空，突然灌入了冷冽的空氣。我試著做了幾次小小的深呼吸，今天的風很純淨。

自從練田徑之後，我就漸漸能分辨風的感覺。春天的風溫柔的纏繞身邊；夏天的風帶著濕氣，有點重量；到了秋天，空氣乾燥，風也變輕了；然後是冬天，越是寒冷，風就越顯澄澈，吹來如刺。

我還能有幾次機會，像這樣感受風？又還能體會幾次這種強烈的緊張感。想要逃走的恐懼感和更多的興奮，我不想今天就畫下句點。至少再一次，讓我站在帶著這種空氣的場地上；再多給我一點可以和大家一起奔跑的時間。我能做得到嗎？現在的我，還有實現它的實力嗎？

不，再多想也沒有用。在跑步之前胡思亂想不是好事，心情很容易被打亂，身體也會立刻被牽制。我輕輕的跳躍起來，放鬆肌肉。快到了。再過一會兒，就要將這身體裡蘊藏的一切全部爆發出來。

沒多久，我看見俊介向我跑來。與此同時，我大叫起來：

「俊介，還差一點，快來快來！」

疲勞過度的俊介腳步開始踉蹌，然而，俊介還是朝著我的方向直奔而來。

「俊介，從那裡開始衝啊！」

俊介宛如切過四周的空氣，直線衝刺。汗水淋漓的臉上認真異常，但是那副表情的深處閃現出不安和不信任。為什麼他會有那種表情呢？第一次參加驛傳壓力太大了嗎？還是臨時調去跑五區，把他難倒了？不，不對，絕非如此。

「桝井去跑六區，你答應的話，我再告訴你大家的感受。」

今天早上，上原這麼說。

我明白，和大家一起跑到今天，和大家一起進步到這個階段。我一切都明白。

俊介帶著破滅的表情，遞出彩帶到我的手上。彩帶握得太緊，已經變成濕爛爛的了。

「相信我。」

我接過彩帶，然後說道。

1

他不用變得偉大，只要能成為一個溫柔、可以照亮周圍的人就行了。

爸媽帶著這個期望，為我取名叫日向。他們兩個都是大好人，真心相信這世上沒有壞人，總是用滿滿的愛來對待我。

最愛活動身體的我，第一個感興趣的是棒球。小學三年級，我被選入世界少棒聯盟的隊伍。我們家住的鎮沒有棒球隊，所以歸屬到鄰市的球隊去。每次練習時，都由母親接送。

棒球太好玩了。既能盡情的活動身體，和大家一起打球也很有趣。我所在的隊伍共有近三十人，從二年級到六年級都有。大家一團和氣的打球。

升四年級時，我被選入先發球員。一般先發球員只有五年級和六年級，我算是特例。但果然不負教練期望，我表現得十分出色。我運用飛毛腿的長處頻頻盜壘成功，在右外野的守備也展現完美的技巧。每次比賽，教練和隊員們都很為我高興。

不過，也有高年級叫我「別那麼愛現」。我的年級較低，而且又是從別的地區來加入，當然一定會有人看不順眼。不過，不論對方是什麼人，都不應該討厭他。爸媽總是教我要懷著體貼的心對待別人。所以對那些學長，我一笑置之，而且加倍努力。在周圍的人看來，我這種態度反而更加令人反感吧。對我出言不遜的隊友們越來越多。但是，我對棒球的熱愛，足以忽視他們的存在。

就在夏天練習賽開打的時候，敵隊是去年少棒聯盟的冠軍隊。大家都覺得勝算不大，所以從開賽前就不太想打了。然而，我還是努力的表現。就算沒機會得分，我還是打出安打上壘，也盜了兩次壘。但是，衝勁十足的只有我一個人。四局下被大幅度領先達十二分，開始攻擊前，隊長瞞著教練對大家說：「反正一定輸了，還是早點結束比賽吧。」有人也附和說：「對啊，真想早點回家。」但不論什麼比賽，都應該盡力打到最後才對。於是我對大家說：「再努力一下吧，好好打吧！」

賽後，檢討會結束，我正在收拾行李時，隊長突然對我大叫：「少裝得一副模範生的樣子！」隨即把球丟向我。「啊，危險！」千鈞一髮之際，我隨手掄起球棒把球擋了回去，可惜運氣太差，那顆球不偏不倚的打中隊長的臉。隊長大哭大叫，所有隊友都反過來指責我。教練把我大罵一頓，後面的事我就不太記得了。爸媽帶著我到對方家道歉，直接轉往球隊提出退隊申請。回到家時，母親哭了。

「棒球打不好沒有關係，可是我不希望你變成一個打傷別人的小孩。」

母親頻頻拭淚。

「不能被周圍的人嫉妒，一定要成為別人羨慕的人。」

父親也一再低聲念叨著同樣一句話。

我只是按著父母的教誨，誠實的面對種種事物。我不記得傷過別人，不知道哪裡出了錯。只是我從這事件深深領悟到，多人一起運動是件至難的事。

跑步拯救了處在這個挫折中的我。小學五年級時，級任導師建議我去參加小學田徑賽。放棄棒球之後，雖然也參加學校的體育社團運動，但總覺得悵然若失，是田徑將我從困境中解救出來。跑步的時候非常愉快。雖然比棒球簡單，但是也因此更能清楚感覺到自己的力量。不需要跟別人爭地位，也不用顧忌什麼，可以盡情的發揮自我。放棄棒球後心裡空掉的那塊，是跑步幫我填滿的。

於是，開始投入跑步的同時，我非常小心的不要重蹈覆轍。放棄棒球的日子，一個支持我的伙伴都沒有。我為了團隊勤加練習，但卻只成為別人的眼中釘。那些人圍著哭泣的隊長指責我的眼神，我一輩子都忘不了，所以再也不願遇到這種事。我不能像失去棒球那樣，連田徑都失去。

「你還好嗎？」

社團時間結束後，我正想到外面操場時，被設樂叫住。

「什麼？」

「我……我以為你在生氣。」

「怎麼會？」

看設樂說話略有顧忌的樣子，我摸摸自己的臉。可能不經意間，我板起了臉孔吧。

「如、如果是我看錯就好了。」

「當然是你看錯了。天氣晴朗，明天又是星期六，喜上加喜啊。」

我抬頭看天空，露出笑臉。過了五月中旬，天空幻化出美麗的晚霞。明天和後天都不會下雨的樣子，天空清澈透明。

「是嗎？你說的也對哦。」

我搖搖設樂的肩，「別那麼緊張兮兮的。」可是，並不是他看錯。設樂說得沒錯，我驚訝的發現，自己正死命的壓抑著快要湧上來的怒氣。

今年四月，田徑社的顧問從滿田老師換成了上原。升上國中之後，我一直信任滿田老師的指導。不但做足各種嚴格的練習，也竭盡所能的回應老師的期待。所以，實在難以抹除顧問更換的愕然心情。然而，教師調動並非新鮮事，再怎麼失望，狀況也不會改變。上原那個人一看就知道靠不住，但是我也沒辦法。自己多勤奮一點，也許事情還有轉圜餘地。我這麼說服自己。但是上原超出想像。

第一次開會，上原連田徑是什麼都搞不清楚，還宣稱自己討厭運動。一旦開始練習後，更是變本加厲。上原不僅不懂練習計畫表，連建議都做不到。只能跟我們大眼瞪小眼而已。

儘管經過了一個月，今天，上原說：「我不太清楚，先做配速跑好嗎？」發表跟昨天完全相同的練習計畫表，然後眼神呆滯的看著我們跑。這樣下去怎能增強實力呢？焦慮的心情與日俱增，而且隨著不安和焦慮升高，也慢慢接近憤怒的邊緣。我知道心裡有這種情緒不太好。只是明知如此，卻很難消除煩躁。

「又要準備驛傳，桝井又是社長，這麼多煩心事，很辛苦吧？」設樂擔心的說。

「這些沒什麼啦。」

「真的？」

「當然。我們早點把團員找齊，今年的驛傳也進軍全縣大賽吧。」

「能進得了嗎？」

「一定進得了。」

我打包票的說，藉此拂去不安。

市野國中已經連續十八年在驛傳上進入全縣大賽。最近學生人數銳減，但是仍然沒有缺席過。如果今年中斷，周圍師生的沮喪恐怕非同小可；而田徑社社員也會對我這個社長感到失望吧。我不能讓大家灰心難過，一定要達成進軍全縣大賽的目標。

2

「累了嗎？」

上學之前，母親在門口叫住我。

「怎麼這麼問？」

「最近，你的臉色有些陰沉啊。」

「因為就快下梅雨了嘛。」

「如果沒事就好。今天也要努力哦。日向，你是社長，要記得讓大家在社團時間玩得開心點。」

「我知道。」

「你覺得疲累的時候，大家一定也覺得疲累了。」

「是是是。」

媽媽或爸爸說的大道理，不時令我感到煩悶。爸媽並不曾勉強我用功，也常常傾聽我的意見。不過，每當他們說著「努力讓別人仰慕你」、「別人有煩惱時，要幫助他們」之類的話，我便很困惑。我寧可他們叫我「好好用功」、「考上好高中」，那樣一定比現在輕鬆得多。說到這裡就想嘆氣。

這些煩惱是一種奢侈，最近的我開始為了小事而生氣。形成這種煩躁的原因是不安。田徑社的練習，已經按著流程開始了。可是對驛傳一點準備都沒有。若是以前的話，滿田老師會幫我們組隊，但今年不敢奢望。連應該設定什麼目標都不知道的茫然和不安，造成了我的煩躁。設樂和俊介應該也有同樣感受。為了讓大家放心，更重要的是讓自己放心，我必須先組成隊伍。

「你果然在這裡。」

找了幾個沒人逗留的地方後，終於在網球場找到了大田。

「找我幹嘛？」

大田盤腿坐在長椅上，獨自優雅的抽著香菸。

「我是來找你去跑驛傳。」

「驛傳是什麼東東啊？」

大田叼著香菸，抬眼瞥了我一下。

「驛傳就是驛傳啊。大家一起跑的那個東東。大田，你小學時不是跑過嗎？」

我在大田面前一屁股坐下，昨天下雨的緣故，現在地面濕答答的。

「這個我知道。」

「好極了。也就是說，今年大田也要來跑。」

「今年來跑是啥意思？」

「這還用說嗎，就是叫你也成為驛傳的成員啊。」

「驛傳的成員是啥東東？」

我的提議太過唐突，以至大田忘了裝出凶樣，露出訝異的表情。這也難怪。大田極少進教室也從不參加社團，我請他參加驛傳，本來就是件天外飛來的怪事。不過，當我思考要組成驛傳隊伍時，第一個想到的就是大田。

他好像另一個我。小學五年級，我和大田加入同一個社團時曾這麼想過。我不像大田那麼大膽，也沒有攻擊性。大田很不友善，不像我那樣笑臉迎人。但是，大田對跑步的執著，跟我如出一轍。

大田雖然在功課上馬馬虎虎，但卻熱中於跑步。全校康樂活動玩捉迷藏，或是運動會，不論什麼活動，他都能樂在其中的跑。而且從旁看來，大田奔跑時熠熠生輝。就像放棄棒球的我因跑步而重獲生機般，大田在奔跑時也活力充沛。我想和那樣的大田一起跑，想和他競爭。這是我一直以來的願望。

六年級的小學驛傳比賽，終於有了正式和大田一起跑的機會。那時大田的頭髮已經染色，而且完全放棄功課，經常找碴挑釁。即使如此，大田還是認真的練習驛傳，他真的很愛跑步。

與大田一起練習很快樂。就算是簡單的慢跑，大田都能緊迫盯人的跑。如果是類似計時賽的場合，他更是像惡鬼般自後方追來。大田貪婪向前撲去的狂奔，跟我順著律動奔跑截然不同，這一點也令我折服。

大田放棄了其他學科，對他而言，驛傳練習是唯一可以全心投入的事吧。跑步中的大田永遠充滿了力量。

就在持續的練習中，忘了什麼原因，我被大田修理了。揮拳踹腳對大田來說是家常便飯，所以被他修理本身並沒有什麼大不了。但是我的嘴角破了一個大洞，腫起來了。這麼一來就會被老師發現。我很著急，生怕大田會因為這事被老師責備，而且不能再跑驛傳了。大田如果放棄驛傳的話就糟了，不但練習不再有趣，在比賽中獲勝的機率也大大降低。而且，我隱隱覺得，絕不可以奪走了大田跑步的機會。我沒讓老師看見就跑回家，然後解釋那傷口是我跟小五歲的弟弟打架造成的，順利蒙混了過去。

然而，過沒多久，大田還是放棄了驛傳。有人謠傳說他受了傷，但是因為大田不太常來學校，也無法證實。好想再次和大田一起跑，好想和他跑到最後。從那時起，我就許下這個心願。

「意思就是大田也成為驛傳成員，一起去比賽。」

「去比賽？我嗎？」

大田好不容易才搞懂話中之意，驀地皺起眉頭。

「對，因為我們人數不足。」

「聽不懂你在說什麼。」

「意思很簡單啊。現在跑驛傳的只有三個人，所以，你也來跑吧。」

「不對不對，你怎麼會跑來拜託我？這太奇怪了吧。」

「哪裡奇怪？你跑得那麼快。」

「我不是這個意思。」

「而且跑步很快樂吧？」

「我知道。可是這種累死人的事，我怎麼可能做嘛。」

大田吐了一口煙，用腳踩熄。

「大田參加的話，我們就能參加全縣大賽了耶。」

「你是笨蛋嗎？我以前就覺得，你這個人很奇怪耶。」

大田瞇細眼睛，目不轉睛的盯著我看。

「是哦？反正，你考慮一下。」

上課鈴響，我站起來。為怕疏漏又補問一句：

「大田也要去上第五節課嗎？」

「怎麼可能去嘛。我小睡一下就回家去。」

大田說著，就在長椅上躺下來。

「狀況不太好嗎？」

跑完兩次一千五百公尺後，俊介來到我身邊問。

「沒啊，沒這回事。」

我搖搖頭，汗水一如平常噴湧而出，有點輕微的暈眩。

不只是今天，最近身體的狀況有點不對勁。跑長距離時，體內沉甸甸的，疲勞也散不去。然而練習並不嚴苛，怎麼會這樣呢？

「有沒有哪裡痛？」

俊介一臉擔心的注視我的身體。俊介非常注意我，有點些微變化，他都能眼尖的發現，我千萬不可大意。擦完汗，我笑道：「怎麼會。」

「可是你看起來很吃力。」

「你想太多了吧？我覺得正在巔峰耶。」

「真的嗎？」

「嗯，真的。」

怎麼可以讓學弟擔心。病從心生，我只是因為不安和焦慮，所以跑不好。我得更振作一點才行。

「撇開這事。大田也許很快就要加入隊伍了。」
我改變話題。
「大田？是那個大田學長？」
「對。」
「你開玩笑吧？」
大田的惡劣行徑，在學校裡早已人盡皆知。俊介瞪大了眼睛。
「不久前開始去邀請他了。」
「為什麼要找大田學長？」
「大田超能跑的，又快又強。」
「但是，他會想跑驛傳嗎？」
「當然。嗯，他一定會來。」
大田聽到驛傳的事，眼睛炯炯發亮。而且，他自己也說過跑步很快樂。
「是嗎？真期待。雖然有一點，不是，是滿害怕的。」
俊介笑了。他總是在身邊支持我。
「嗯。很快就會有像樣的驛傳練習嘍。」
現在參加練習的都是田徑社長跑成員。大田在此時加入，隊伍就初具規模了。與大田一起跑絕對很有趣，光是想像，不安好像就融化了。

3

梅雨季結束的同時，大田來練習了。他雖然嘴裡嘀嘀咕咕，但又生龍活虎的跑。完全看不出一個抽菸、飲食沒節制的人能跑得那麼強而有力，實在不簡單。這樣一來，我們又朝全縣大賽更近一步了。不只是我，大家應該都感受到希望。還剩兩個人，再加兩個人，我們就能前進全縣大賽。但是，之後卻一直停滯不前。

「哎──那傢伙還真頑固啊。」

放暑假之後，我和俊介天天到音樂室報到，已經一個星期了。今天，渡部也一口拒絕參加驛傳。

「但是，他這種個性很適合長跑欸。」

俊介不知為何十分喜歡渡部，就算碰了一鼻子灰，卻一點都不頹喪。

「要說恆心的話，他的確是很強。那傢伙每天都吹同一首曲子一點也不厭倦。玩音樂真的不會膩嗎？」

俊介聽我一說，笑道：

「的確。每天聽他吹，我都快會唱那個鄉間騎士什麼的了。」

「鄉間騎士是什麼？」
「渡部學長吹的曲子啊。名字太囉嗦我記不太起來，不過據說是一齣歌劇的歌，敘述一個已婚男人又重新愛上從前戀人的故事。」
「你怎麼知道？」
「我聽渡部學長說的啊。每天聽他吹，也會好奇那是什麼曲子。」
「是喔。」
雖然我這麼回答，但心裡暗暗吃了一驚。驚訝的是俊介會去問渡部在吹什麼曲，也驚訝自己對這部分完全沒留意。
「有什麼好招數呢？」俊介自言自語說。
是啊，總不能沒完沒了的這麼守下去，得快點想個馬上可以解決的辦法。如果不在暑假找齊人馬，開始訓練的話，就不可能參加驛傳了。連大田都煩躁的說：「喂，小子，你不會只說服了我吧。」大家都在心急。我雖然明白，但是總也想不到好方法。
正當我思索著各種可能的時候，俊介提議：
「對了，我們去拜託上原老師怎麼樣？」
「上原老師？」
「上原老師教的是美術，渡部學長是管樂社的，同一種性質的人說的話，可能比較聽得進去。」

也許這招有用。但是，我怎麼能讓俊介來幫忙，又去向別人求助呢？這樣我這個社長也太無能了吧。

「她是顧問，去拜託她應該沒問題。」

「這……」

「以前都是滿田老師在負責，現在上原老師去招兵買馬也很正常啊。」

「也對……有道理。」

「對對，走，我們去拜託她吧。」

「哦，好啊。」

雖然有點難為情，不過現在也只能聽聽俊介的意見了。

渡部既難纏又沒意願，不過上原老師十分開心的接受了，她說：「我也想去試試看。感覺終於有我派得上用場的時候了。」兩天後，渡部就來練習了。

「不費吹灰之力。」

看到渡部繃著臉走來，俊介悄悄跟我說。

「真的欸。」

我們花了那麼多時間簡直是白搭。為什麼我去邀就不行呢？我的邀請方法不對嗎？還是覺得我不值得信賴呢？高興雖然高興，但仍然無法釋懷。

「我只叫渡部同學快來而已，沒有用什麼特別的招數。」我去向老師道謝時，上原聳聳肩這麼說。

一起練習之後，渡部的完美跑法令人瞠目結舌。時緩時疾、紋絲不亂的從開始跑到最後。渡部加入後，進入全縣大賽開始變得真實了。還剩一人。再來一個，六個人就到齊了。

最後一人我已經決定。每當驛傳練習搞得氣氛沉重時，我就會想，如果二郎在的話該多好。

與二郎第一次合作，是校外教學。學校只要有合唱比賽或體育賽事等活動，都會組成執行委員會。校外教學的時候，二郎是一班，我是二班的委員長。

一班二班合起來共六名執行委員要搞定校外教學。我們的工作是所有事前的準備工作，和途中在大家前面當領隊。

「剩下的，只要做出即時搶答的獎品，工作就完成了吧？」

「不，我們還要準備『規則說明單』。」

執行委員會在出發之前，舉行了好幾次會議，討論各種細節和準備。做的事太繁雜，大家都開始厭煩起來。

「本以為只要主持節目就好，沒想到要去之前，檯面下的準備工作還真多啊。」

「對啊。而且做得這麼辛苦，別人也不知道，好沒價值哦。」

校外教學將近，大家的抱怨也跟著增多。

「別這麼說嘛，大家提起勁吧。現在辛苦耕耘，到時候就會玩得更開心。」一班的副執行委員長小茜為大家打氣。

「對嘛。」我也同意。

小學的時候，很多事是單純的快樂。但是隨著長大，快樂的意義也漸漸有了變化。雖然現在跟好友笑鬧玩樂很開心，但是，我知道有些事有著更深層的快樂。做了一次又一次覺得沒用的差事，互相衝突、辛苦，然後，苦頭吃得越多，最後得到的快樂也越甜美。

「你們看，做好了。」

別人聊天時，一言不發默默做著勞作的二郎抬起頭。

「那是什麼？」

「即時搶答的獎品啊。驚喜獎章。」

二郎眉飛色舞的打開圖畫紙，從裡面跳出一個既像哆啦A夢，又像麵包超人的奇妙人偶。

「怎麼樣，厲害吧？」二郎得意的眼神閃閃發光。

「你這傢伙真是悠哉欸。」

大家都感嘆的大笑起來。二郎更是笑鬧地說：「因為這種事太好玩了嘛。」

那時候真快樂。只要有二郎在，不論什麼困難的事，大家都能興味十足。如果二郎能來參加，該有多好啊。不只是我，大家應該都會如釋重負。

「桝井，最後一個人你決定了嗎？」

解散後，上原問我。

「呃，我覺得二郎很不錯。」

「是嗎？嗯，好像是個好主意耶。」

根本不知道誰比較會跑的上原，爽快的點頭同意。

「等籃球賽結束之後，不知他會不會願意來。」

「你是說夏季大賽嗎。那，我去拜託他的導師好了。」

「啊，可是……」

「桝井，你們不同班，暑假時也沒有見面的機會吧？拜託小野田老師的話，他可以立刻和二郎聯絡上，而且他跟我不一樣，做事積極又快速。」

上原笑了起來，我也鬆了一口氣。二郎那個人應該會欣然同意。只是，萬一二郎拒絕，我就走投無路了。現在不像渡部那時候，還有時間慢慢磨。

「的確是。」

「是啊是啊。」

沒問題啦。上原如搗蒜般點頭。這個恩情我就用跑步回報好了。我低頭說：「麻煩老師了。」

夏季大賽結束的兩天後，二郎來參加練習了。光是看到二郎活力充沛的樣子，我就覺得一切都會順利。

不久之前，我還認為沒有機會了。茫無頭緒，不知道該怎麼辦才好。但是，成員一轉眼到齊了。這樣我們終於能瞄準全縣大賽，站在起跑點上了。

但是，我的身體比之前更糟了。即使野外訓練，到了後半身體就沉重下來。自我練跑以來，這種情形還是第一次發生。

腦海中閃過可能是貧血的念頭。貧血對從事運動的國中生來說，並不罕見。剛入社時，三年級的學長也是如此，籃球社的佐佐木去年也因為貧血去看醫生。討厭，不會吧？我的生活一直維持得很健康，母親幫我做飯時也很重視營養的均衡，不可能貧血。我現在只是因為夏天太熱，容易疲倦罷了。等夏天過去就會恢復原狀。

「找來的團員都很棒呢。」

跑在我身旁的設樂邊說邊回頭看。

六人到齊後第五天的野外訓練，在我和設樂身後的是俊介、大田和渡部。然後是跑得很開心的二郎。

「是啊。」

「這樣全縣大賽就有希望了。」

設樂難得說出這麼有力的話，我也用力地點頭。

沒錯。這樣一來，前進全縣大賽就不再是夢。從現在開始練習的話，絕對能夠得勝晉級。吸了一口新鮮的夏風，我將雙腿有力的擺動向前。

4

進入第二學期的第一次記錄會，讓我醒悟到自己無法跑快的現狀。

我參加了第一組的比賽，但只在剛起跑時還跟得上大家，過了兩公里點，大家開始提升速度時，我就落後了。力量漸漸用盡，新的力氣使不出來，幾次想要切換，但還是無能為力。

這是六個成員到齊後第一次參加的記錄會，這種狀態下帶頭跑的我卻跑不動的話，怎麼像話呢？二郎、渡部和大田一定會感到不安。我得加把勁才行。就算我這麼提醒自己，還是氣喘如牛，腳硬如棍，費盡九牛二虎之力只能保持前進。到達終點時第十二名。跑出這種成績還是第一次。

俊介跑到終點線來，窺探我的臉問：「狀況不太好呀。」

「嗯，是啊。」

我對自己的無力感到痛苦。跑不出好成績，還讓學弟擔心。接下來就要輪到俊介跑了。至少得改變一下氣氛。然而，我也只能向他道歉：「沒跑好，真不好意思耶。」

雖然不想承認，但是排名十二的事實說明了一切。置之不理不會使情況好轉。跑遠一點身體就會搖擺，呼吸也調不順。不論怎麼努力也無法像從前那樣跑了。還是得去醫院一趟。這是可以確定的。

「好像變嚴重了耶。」

媽媽放下筷子，皺起眉頭。

「沒事啦。」

弟弟嘴裡雖然這麼說，但咳嗽還是停不下來，而且發出呼嚕呼嚕的聲音。氣喘又發作了。

「還好嗎？」

我輕輕捶著弟弟的背。到了晚飯時分，弟弟的咳嗽經常會嚴重起來。

「最近好像更常咳了……怎麼會這樣子呢？」

「可能剛上第二學期太累了吧。」

我看著一臉愁容的媽媽，代替弟弟回答。小我五歲的弟弟從小就體弱多病，需要別人照顧，雖然已經小學四年級，看起來還像小小孩。

「明天去一趟醫院好了。」

媽媽把吸入劑傳給弟弟。

「不要啦，我沒事。」

「不行不行。最近都沒去給醫生看了。明天媽媽的班到中午就結束了，我到學校去接你。」

弟弟把吸入劑放進嘴裡，對媽媽說的話只是垂下肩膀。

他覺得無處可逃吧。打掃得一塵不染的房間，設置在各個角落的空氣清淨機，餐桌上擺的全是用無化肥無農藥食材做的菜餚。就連點心都不能有超市裡販賣的那些五顏六色的東西。雖然這一切都是為了過敏體質的弟弟，但連我都覺得喘不過氣。

「從家裡去醫院雖然很麻煩，但到了醫院就簡單多啦，有什麼關係。」

我輕快的跟弟弟說。這是個好機會，我也跟弟弟一起去醫院就好了。

「真的嗎？」

「真的。醫生診療一下子就完了。回來的時候媽媽一定會買漫畫給你。」

「日向，你真是的。」

「順便也會幫我買漫畫週刊吧？」
「你真是鬼靈精。」
媽媽露出微笑，咳嗽好不容易平息下來的弟弟也笑了。
「你乖乖去看醫生，就能像哥哥跑得那麼快了。」
「是啊，而且，日向運動強，是因為他什麼都吃，身體很健康。」
母親說完還問我「對吧」尋求我的同意。
「也是啦。」
「如果我像哥哥一樣，就能在運動會上又跑又跳了。」
弟弟崇拜似的看著我。
「是啊。你吃飯不挑食，跑步的速度會比現在快三秒哦。」
「真的嗎？」
「當然是真的。」
「也就是說，你要乖乖把青椒吃下去。」
聽媽媽這麼說，弟弟雖然不太情願，但還是說：「如果真能像哥哥一樣，那我吃。」他順從的把青椒吃了。
「像我從來都把青椒吃光光哦。」
「哥哥，你少吹牛了。」

「真的嘛。我吃的青椒和胡蘿蔔比別人多五倍。」
我故意吃了一大口青椒，塞滿整個嘴。完全失去宣告自己狀況不妙的時機了。

5

隨著驛傳大賽一天天接近，大家的成績也越來越有起色。大田跑的時候急躁本性表露無遺，但他就是有本事讓人追不上。渡部採取較聰明的鍛鍊跑法。二郎很有毅力。而且大家回家後都有做自主訓練，所以跑況都漸漸穩定下來。

之前陷在低潮的設樂也緩慢恢復中。至於俊介，他的跑步更具威力了。對照之下，我的跑況卻完全沒有進展。大家都在刷新成績時，我卻是每況愈下。

「今天來三回一千間歇跑。之間的慢跑一圈四十秒。最後一次一千時間自由。模擬比賽的感覺，最後一回全力加速。」

上原叫大家集合點名之後，發表了計畫表。

進入第二學期後，練習的計畫表也變得更紮實了。第一次去記錄會還笨手笨腳的上原，忘了不知第幾次記錄會後，開始收集別校的練習計畫表。「別校的老師都說想問什麼儘管問。原來國中的體育比賽是開放的耶。」上原收集各校的計畫表之後，喜形於色的給我們看。

「啥！長距離的間歇跑哦。」

一聽到計畫表，大田立刻嘖了一聲。

「星期三會很累耶。」

二郎也嘆口氣說。星期三是一週的中間，大家的士氣都很低落。

「明天就會做輕量計畫表，所以今天再努力一下嘛。大田和二郎，你們現在都變得很快了呢。」

我盡量語帶輕鬆的說。單純的二郎立刻綻開笑臉，「是嗎？」

「對啊對啊，跟剛開始不可同日而語。」

「我自己也沒想到能跑這麼快啦。」

二郎得意的笑笑。

「大田倒是本來就很快了。」我補充道。

「已經知道的事，不用一提再提啦。」大田抓抓頭。

自己既然跑不好的話，至少必須督促大家奮發努力才行。幸運的是田徑社長是我，我有權力這麼做。我比從前更積極的鼓勵大家，努力炒熱團隊的氣氛。

「呃……俊介游刃有餘吧。」

我感覺有視線在看我，轉過頭去，俊介正一臉乖巧的看著我。俊介是田徑社的人，而且應該也很習慣長距離間歇跑。

「哦，呃，嗯嗯。」

「不要因為你是二年級就禮讓我們，能跑就盡量跑，因為你現在正在巔峰呢。」

「我知道了。」

俊介靜靜的微笑。平常的話，俊介應該會天真的笑說：「包在我身上。」不久前，從我的狀況直線退步的時候開始，俊介對待我的態度就不太自然。當然，他還是一樣崇拜我，而且也比任何人都更常待在我身邊。但是，他變得客套了。好像見我跑得不好，便不知道該怎麼接近我了。俊介要超越現在的我並不困難，照這樣練習下去，俊介會跑得比我更快。但是，不能超越我——這個意識阻礙了俊介的進步。

今天再奮力一搏吧。再這樣下去，大家都會為我擔心起來了。貧血什麼的不重要。大賽就快到了，沒時間在這兒撒嬌。只要拿出全力應該可以一拚。就像平時一樣，我跟自己打完氣後衝出起跑點。但是，依然還是跟平時一樣，沒辦法跑出全速。最後的一千公尺，大家都使出渾身之力時，我卻只能維持前進的步伐。雖然勉強保住領先的位置，但俊介就在我身後。

「沒……沒問題嗎？」

跑完之後，繞著操場慢走調整呼吸時，設樂走到我身邊。

「什麼？」

「哦，不，那……那個。」

只要一緊張或不安，設樂就會口吃。我想說點什麼逗他笑，可是疲累到極點的大腦，想不出任何俏皮風趣的話。

「那個，桝井，你看起來滿吃力的。」

「會嗎？」

「雖、雖然比我快。」

「還好啦。」

「是說……你哦，會、會、會不會……」

設樂想說的話卡住，吞了一口口水。

「會不會是變胖了？對吧？最近吃太多了？因為這個緣故才變慢的。你得節食才行。」

呼吸漸漸平復的我終於有餘力開玩笑。

「啊，可是一跑步就會肚子餓耶。」

「哦，是啊。」

「肚子餓的話，很難忍著不吃東西吧。」

「那、那也是。嗯，的確。」

設樂隱約笑著點點頭。我跟他一起跑了三年，他會感覺到異樣並不奇怪。大家都對我的狀態感到困惑，我得快點想想辦法才行。得改變這裡的氣氛。時間已經不等我了。

6

離比賽還有二十五天，我發表了名單。以前都是滿田老師宣布，即使上原是外行，她也應該能決定。可是，如果照上原的名單，我一定會跑最後一棒。讓成績表現不彰的我去跑第六區，我不想看到這個結果。我跑五區，讓俊介跑六區，這才是理想的安排。如果公開宣告俊介的實力比我更強，他多餘的迷思也會消除吧。大家不用遷就我，而我也會比較輕鬆。

然而，大家對我宣布的名單一陣譁然。他們明知我目前狀況太差，為什麼反應這麼大？跑的成績不像樣，也沒有力道。這種樣子還跑六區，只能是因為長期以來我很努力，或是因為我是社長的關係。我也有想跑六區的抱負和自尊啊。可是不能贏得比賽，就沒有意義。

情。

「總之，我覺得這是最佳順序。就照這樣走吧。」

我微笑的說，盼望大家快點接受，朝著正式比賽邁進。可是，沒想到上原完全不領

「桝井，你說的話，我不是不懂，可是還是不太對。」

「沒什麼不對，連我自己都覺得這安排很好。」

「就算這是你最後一次驛傳？」

不論我怎麼解釋，上原就是無法理解。我本想藉著發表區段名單，把不太自在的凝重氣氛打散，讓大家專心投入練習。然而，大家的臉色卻越來越沉。我心裡急著試圖做些改變，但說出口的話都沒有說服力。

「重要的是贏得比賽。」

「可是，五區和六區應該相反。」

「老師，你懂驛傳嗎？」

「唔，我不懂，但是我覺得你應該跑最後一棒。」

再對名單爭執下去只會夜長夢多，還是快點結束較好。我只是單純這麼想，真的只有這個念頭，然而嘴裡卻冒出「除非滿田老師回來」幾個字。

連馬表都不會用，跟車跑野外時連自行車都騎不好，去到記錄會只會手忙腳亂，一點威嚴都沒有。既不懂練習計畫表，也不會給建議。別說下指示，連大家的意見都會把

她搞得團團轉。上原那模樣令人火大，甚至覺得真倒了八輩子楣才會遇上她當顧問。

但是，大田偷偷的戒了菸。現在設樂跑步的理由，肯定不只是為了義務。連那麼難搞的渡部都加入了我們。二郎隨時都一副樂天派，俊介是唯一的二年級團員，卻沒有過分的驕氣。這可以說都是因為有上原在的關係。

明明自己也領悟到這一點，然而在那個當下，我卻冒出連自己都心寒的話來。而且最難過的是，所有成員都拚命想化解我製造的凝結氣氛。大家明明都被我的話嚇到，但卻一直想努力化解。為什麼我會變成這樣呢？這不但沒有提高大家的士氣，反而把它擊潰了啊。別說是選手的身分，我連身為社長的角色都沒扮演好。

滿田老師任命我為田徑社社長時，老實說我心裡充滿疑惑。田徑的好處就是一個人也能玩，但當了社長就不能這麼想了。不過，我應該具備照顧周圍朋友的力量。滿田老師也說這就是他選擇我的原因。而且從小父母就教我要為四周帶來溫暖。所以應該沒問題，我不會變成少棒隊的隊長那種人，我會努力讓大家愉快的參加社團活動。我下定了決心，時刻記掛著掌握所有人的狀況。給大家打氣鼓勵，建立親密的情誼。當了社長之後，我從來不曾把自己的不滿或不安表露出來。然而，大家不但沒有變得輕鬆，反而小心翼翼。

「哇，俊介跑最後一棒，好酷哦。」

「嗯，好像現在就開始緊張了。」

「這個安排好像也滿有趣的嘛。」

大家越是表現得開朗，我的心情便越沮喪。

「你不要太焦慮啦。」

第二天晨練之前，渡部跑來跟我說。

「嗄？」

「桝井，你的跑步資歷比大家都久，就算狀況再怎麼不好，也沒有墮落到說那種話的地步。」

渡部說完，迅速開始慢跑了。

渡部沒再說什麼。他還是一如往常，面無表情、口氣平靜的說出這句話。但是，不知為什麼，我有種得救的感覺。

渡部說得沒錯，也許我墮落了。也許我已經糟到會說出那種爛話的地步。那是因為我在重要的地方打混仗的關係。我把眼光轉開，去帶動大家的氣氛，根本只是為了自己。我的長跑經驗比別人多一倍，不管遇到什麼狀況都一定能擺平。但就算我故意不去看它，現實也不會改變。有些首當其衝的事該好好面對才行。

九月來到中旬，清晨的操場上，四周失去活力的樹木形成安定的影子。這是個美麗的季節。也是個跑起來非常舒服的時候。一定沒問題的。我把空氣吸進肺的深處，開始慢跑。

下定決心到醫院去做了檢查，醫生診斷我的血紅蛋白值還不到十。每次跑步會破壞腳底的紅血球，造成鐵質流失。照理說，我連跑都跑不動了。運動型貧血，一如所料。心裡雖然早有準備，但還是無法阻止眼前一暗。

醫生說，如果我暫停激烈運動，乖乖吃藥的話，大約一個月可以治好。但是那樣就太遲了。一個月內比賽就要舉行了。為什麼我會得貧血呢？為什麼偏偏在這個緊要關頭才遇到這種倒楣事呢？就在成員招齊，剛剛上了軌道，進入全縣大賽的可能性大增的時候。

和那個時候一樣，一切都正要步上坦途。想到這兒，眼前的一切都消失不見了。

「既然出了這種事，你就退出吧。對你而言，繼續待在這裡也不愉快吧？」

揮球擊中隊長那天，媽媽說了這話，然後向少棒隊提出退隊申請。

「能力很強，可是好像無法融入團體。很多孩子都不喜歡日向。雖然很遺憾，但對日向來說，待在這裡恐怕會很痛苦。」

教練並沒有阻止我。

我努力與大家和平相處，和嫉妒我的那些孩子也保持接觸。但當時還是小學生的我，無法理解自己哪裡做錯了。也許現在的我也是一樣。

「日向，你這孩子真是傷腦筋。自己身體的事，怎麼沒有早一點發現呢？」

在回程的車上，媽媽說。

「是啊。」

我不知道該說什麼才好，只是注視著窗外飛過的景色答道。

「病得這麼嚴重，卻沒告訴任何人，真不懂你在想什麼。」

「嗯。」

流向後方的天空，顏色漸漸變深，雖然還很熱，但是天色一下子就變暗了。

「要聽醫生的話哦。」

「我知道。」

媽媽一定會說，我知道你很努力，可是身體在呼救了，還是別跑比較好。媽媽因為弟弟多病，對身體狀況管得特別多。連我也不例外。

「你得適時的放鬆。」

「什麼？」

「我的意思是，你要乖乖聽醫生的話，一邊注意身體，盡量在可以的範圍內運動。」

「你是說我可以繼續跑嗎？」

媽媽聽到我的問題，蹙起眉頭。

「都練這麼久了，你也不願意現在退出吧？」

「雖然如此……」

「真是個怪孩子。」

「可是，我現在跑得不好，也不適合做激烈運動。」

「但是，驛傳又不只是靠你一個人在跑啊。」

「是的，六個人都要跑。」

「那就沒問題啦。有六個人在，你就算狀況差，跑得不快，問題也一定能解決的。」

媽媽這麼說完，又笑著說：「看你這麼乖乖去醫院看病，回去時還真得買一本漫畫雜誌給你耶。」

7

開始了。國中最後一次驛傳比賽。為了實現下一個心願的比賽。練跑的時光雖然很辛苦，但也很開心，我不希望它只成為單純的回憶。這些日子能換成什麼結果，全繫於這三公里。

從俊介手中接過彩帶時，排名第八。再往上進兩名，進入前六名的話，就能參加全縣大賽了。可是，若是進不了前六名，就得到此止步。驛傳隊今天就得解散。真可怕，簡直太可怕了。想到進不了前六名時的下場，心裡抖了一下。以前我從來沒跑過這麼恐怖的比賽。

我搖擺起手臂，想舒緩緊縮的身體，但是並不順利。比賽都已經開跑了，我還是無法順利放鬆，越是著急，身體越僵硬。

「老師，我覺得除了加油之外，你最好再說些別的話。」

田徑社成立新體制一個月之後吧，趁著上原呆滯看我們練習時，我悄悄在她耳邊說了這句話。

「是喔。那，下次就說『還差一點』好了。」

上原對我們的精神喊話只有三招，「加油」、「fight」和「還差一點」。

「那個不是建議，只是勉勵而已啦。」

「那你覺得該說什麼話好？」上原凝視著慢跑中的設樂，歪著頭說。

「起跑時可以說『掌握配速』或『順著節奏』，到中段可以說『手臂的擺動很優』之類的。最後一段可說『放鬆！』這樣就好了。」

「何時該說什麼話的時機很難抓耶。」

「隨便抓沒關係啦。」

「我懂了，應該沒問題。」

後來，上原每到練習，就照我教她的話給大家建議，不管他們跑得怎麼樣。可是，我跑的時候，她卻從來沒對我說過「放鬆」。

「桝井，反正你也鬆懈不了啊。其實應該放鬆的。不過，你不去理它，力氣就會自動放鬆了。」上原這麼說。

難道上原發現了嗎？上原偶爾會建議「每次一個勁的跑，久了也會膩，後半改成肌力訓練吧。」或是「天氣熱，今天早點解散」等。雖然我擔心她把訓練偷工減料，不知會不會有問題，但疲憊的身體的確如釋重負。

不對，她怎麼可能知道？上原是個糊塗蟲，這些細微小事，她不可能注意到。只不過不去理它，力氣就會自動放鬆的說法，還真給她矇對了。僵硬狀態下並非不能跑，我放棄擺動手臂。不再要求自己鬆懈時，心情稍微變輕鬆了，同時，眼前也變得更開闊。

跑在我正前方的是岡北中。岡北中的選手比預期的排名高，讓我有些驚慌。去年和前年，岡北中都是最後一名。比預期早交接到彩帶讓他大為振奮，一時對前幾名選手飛快的步伐失去了平靜。現在正是好機會，我要搞亂他的配速，在這裡超越。還有八百公尺，在這階段，我還做得到。

儘管我給自己打氣，但只是微微加速，胸口就喘不過氣來。我的身體比自己預期的更無法自在快跑。現在這節骨眼若不趕過岡北中，後面就沒有勝算了。只超過一個人又能怎麼樣？再來一次吧，我調整呼吸準備急起直追。讓力氣流到趾尖試試。能提高多少速度呢？我問自己的身體。隨即領悟到，現在最重要的並不是這些。我要鎖定眼前的岡北中，非贏他不可。致勝的必要關鍵，不是速度，而是像大田那種不顧一切。不是在開跑後，也不是在終點前，而是一次又一次衝刺的那種勁力。比起田徑，更像是吵架。緊緊咬住前面那個人的氣魄，現在是我最需要的。

「跑的時候別想得那麼嚴重。」

今天早上，在前往會場的巴士上，大田壓低聲音對我說。

「嗄？」

「我也是隨便亂跑，覺得吃力的時候就吃力的跑就好了。」

大田指的是我的狀況低落。我的速度直到大會當天都沒有恢復。有貧血問題不是我的錯，但是無法以正常狀態參加比賽，還讓周圍的人為我擔心，實在很丟臉。

「但故障是可恥的。」

我聳聳肩說。但大田果決的說：「你錯了。」

「拿受傷當藉口才是可恥的，出現故障只不過是你運氣不好。」

「也許是這樣……」

「我放棄了功課，偏偏又扭傷而放棄了驛傳，昨天打氣會又大鬧。但是，有人說就算一再失敗，只要在關鍵時刻，自己找到對的位置就可以了。好像是麥可・傑克森還是喬丹那傢伙說的。」

大田不習慣說正經八百的話，一邊想一邊說。

「是傑克森還是喬丹？」

「哎喲，我是個笨蛋不太會解釋啦。反正出錯或是故障都沒關係，只要你繼續跑就行了。」

「嗯，也對。」

「哈，你大概不想被我這種人說教吧。」

大田抓抓頭笑了。那顆和尚頭被他搓得都發紅了。

變了髮型，說出不合個性的話，即使如此，大田仍然在這裡。因為他真的喜愛跑步。

「上了高中也加入田徑社吧？」我若無其事的問。

「誰知道。」

「加啦加啦。虧你這麼適合長跑。」

「真的嗎？」

「是啊，你很適合跑步耶。」

「可是，高中哪裡還會有人叫我去跑驛傳啊。」

大田一邊說著，又抓起頭。

小學時大田就是我的助燃劑。大田的跑步刺激我，提升我。這次驛傳也是一樣。大田是第一個來加入練習的人，勉強委屈自己又硬又挑剔的自尊心，跟我們努力到現在。

我握緊了彩帶，我要讓大田知道，他跑步棒透了，而且我們要在一起多跑一陣。為了這個目的，我們必須晉級全縣大賽。我一定要贏給你看！我把身體往前傾，戰鬥意識勃發的追趕岡北中。我現在肯定形貌猙獰，亂跑一通。而快被我追上的岡北中選手很自然的亂了腳步。緊跟在後的我不費吹灰之力就超過了他。

8

我把步調錯亂的岡北中遠遠丟在後面，可能是這個緣故，四周突然鴉雀無聲。跑在前面的選手看不見蹤影，可能已經跑得相當前面了吧。從這裡開始是一段狹長的上坡路，眼界中只有褪了色的樹林。一長排蓊鬱樹影形成的道路，只聽見秋風不時掃過的樹葉聲，我甚至覺得這裡只有我一個人。

我喜歡孤獨的奮戰。小學因棒球而受挫時，我就這麼覺得了。團隊運動有很多無法靠一己之力完成的事。就算守備完美或是打出安打，但只要有人失誤，比賽就輸了。儘管比別人多一倍練習，但只要隊裡有個懶惰鬼，隊伍就無法變強。這一點，田徑則不一樣，你練習了多少，就會變得多強。即使有人失敗、偷懶，也不會改變我的成績。但是，時而無來由的不安也是事實。雖然有人認為田徑也是一種團體競賽，但在跑的那一刻是孤單的。不論是輕盈的飛馳，還是痛苦的掙扎，跑自己那一區段的人只有自己。

在少棒隊成為先發選手的第二次正式比賽中，我盜壘失敗了。那時學長們都來安慰我「別在意」、「下次幫你討回來」。從各個守備位置向我呼喊的伙伴們，令我好安心。就算球場再大，只要九個人站在上面就有辦法。

當時我真的著迷於棒球。希望打更多棒球，希望和大家一起打。雖然現在並不後悔，但跑的時候，不時還會想起少棒時代的往事。

靜悄的坡道筆直的往上延伸。跑了再跑，也看不到盡頭。就像少棒那時一樣，這裡沒有人向我伸出援手。看不見前路好像也打斷了我想衝的念頭。究竟和前一位選手距離有多遠？進前六名的可能性到底有多大？如果不能進前六名的話，大家會露出什麼表情？討厭的思緒充斥著腦袋。

「一首歌大概有五分鐘左右吧？只要在腦中放兩次就是三公里。你抱著這想法去跑，就會很輕鬆，也能冷靜下來。」

滿田老師說過這樣的話。

是啊，先把心平靜下來吧。我試圖想一條熟悉的曲子。但是，每首曲子都記得很朦朧，只能記得住副歌的部分。可能我太熱中練跑了，不太常聽音樂的關係吧。這麼一想，腦中突然流淌出一段非常美的音符。雖然帶著一種揪心的悲傷，但又像是十分開闊大方的旋律。雖然聽了很多遍，但卻不會習以為常，每每心情都會受到震盪。若是這首曲子的話，我就能從頭哼到尾。那是夏季時每天在音樂室裡聽到的旋律。

被渡部拒絕時心情盪到谷底，不如意的事紛至沓來，那是個熱到快昏頭的夏天。然而，當我同時想到渡部用薩克斯風吹奏的這首曲子，又覺得這個夏天是那麼獨一無二。國中最後一次暑假，我既沒去補習，也沒念參考書，只是一個勁的練跑。不知能不能出賽令我忐忑不安，跑速低落也讓我漸漸失去自信。但是，每當成員增加一個，我的心便飛躍起來。每當大家變快，我便歡欣鼓舞。

跑在充滿孤獨感的狹路上，我的心中再次大聲吹起那首鄉間騎士什麼的曲子。隨著終曲接近越見高亢的旋律，充滿悲傷和喜悅的旋律；不知道正確名稱，只聽過渡部用薩克斯風吹奏過的曲子。然而當鄉間騎士什麼的曲子結束時，我也爬上了彷彿無窮遠的那道坡。

9

上坡終於結束，道路豁然開朗。接下來不再是樹木茂密的小路，而是好跑的公路。陽光照射下來十分溫暖，也振奮了心情。

而最令我精神一振的是，終於在遠遠的地方，看到前方選手的身影。前面有兩校的選手在競爭。並不是我的速度加快了，而是長緩的上坡拖慢了其他選手的速度。不管是誰都好，不論是哪所學校都行，只要再超過一人，我們就能進全縣大賽。

「桝井，FIGHT！」

「這裡開始快跑啊，加把勁！」

公路變得寬闊，沿路的群眾也多了。跑著跑著，總能聽到聲音。「桝井，加油——！」看到全班為我做的橫布條。來為我最後一次驛傳打氣的，不只是同班的同學，還有學弟妹和畢業生。看到認識的臉，聽到熟悉的叫聲，果然心情也安定下來。

聲音成了助力。我以為稀鬆平常，但奔跑時才領悟到它的效應之大。體內單純的那部分，切實回應著大家的聲音。我知道自己活力十足，還能繼續跑。眾人的期待比我個人的力氣，更能驅動更大的、無以名之的東西。

「真的，謝謝你們找我來。」

二郎在大賽前，一再的對我和上原這麼說。

「你說反了啦，二郎你來參加，真的幫了我們大忙。」

「是嗎？的確啦，我加入之後，才湊齊六個人。」

二郎說得沒錯，就因為他來參加，我們才能進軍全縣大賽。但是，並不只是這樣。

二郎總是問上原自己跑得怎麼樣。從來沒有人向上原諮詢意見，因此每次二郎問時，上原雖然有點手忙腳亂，但還是相當開心。設樂在二郎進來後，表情也輕鬆不少。他與我一起跑的時間最久，可是對二郎的信賴卻多過我百倍。其他的團員，還有我也是一樣。休息的時候，午飯的時候，二郎的身邊總是笑聲不斷。

「你的加入湊齊了人數，當然是很好。更重要的是，你來了之後，團隊的向心力更強了。」

「因為很快樂，大家當然會有向心力啊。」

「快樂？」

「是啊。跑步很快樂，我們可以做別人沒做的事，而且還能得到大家的聲援。其實，團隊合作本身就很有趣了。桝井，我想你應該比我更快樂吧？」

被二郎這麼一問，我歪了一下頭。

「別裝傻了。就是因為快樂，你才會跑這麼多年，現在也才天天都跑吧。」

二郎笑著戳戳我的肩。

「桝井，速度加快了耶！」

「就是這個步調！」

大家的呼喊聲中，我跨出的步伐變大，與前面選手的距離縮小了一點。當然，每所學校的聲援都到達最高潮，所以，其他選手也超過前面的速度快跑。讓更多加油聲回響在身體中吧，我豎起耳朵。

我清楚的聽見去年一起跑的學長大叫：「桝井，看你嘍！」不僅平常玩在一起的伙伴，連班上沒說過什麼話的同學，也都一次又一次的喊著我的名字。一起練跑的一年級學弟鼓勵的叫：「桝井學長，還差一點！」

我看起來像個傻瓜，但是真高興朋友們為我加油，以前跑過的學長，以後接著要跑的學弟都來聲援，令我好驕傲。再也沒有比竭盡全力回應大家的期待，更舒暢痛快了。

對呀，原來我一直像這樣一邊跑一邊感受著快樂、舒暢。上了三年級，不順心的事比比皆是。為自己跑不好而生氣，為身邊圍繞的現狀很想半途放棄。但是一路到現在所經歷的，並不只是痛苦和辛勞。為了今天這個日子，我們重重累積起來的，並不只有疲累。與設樂、俊介、大田、二郎和渡部一起跑步是快樂的。能與大家一起練跑，是喜悅的。所以，才能跑到這裡。所以，還想再多跑一點。為了它，我拚盡全力。

「哥哥，撐下去！」
「日向，加油！」
我也看到媽媽和弟弟的身影。
如果能長得像哥哥那樣強壯就好了。弟弟幾乎快把它當成口頭禪了。「我如果沒有氣喘就能做自己想做的事」，所以他總是羨慕我。我很幸運，一直能做自己喜歡的事。棒球和田徑。不管何時，媽媽都支持我盡情發揮。
跑了兩公里多，身體有些疲累了。然而，我在眾人的聲音護送下，一路向前挺進。跑在前面的幾多西中和加瀨中，背影清晰可見了。我的身體出乎意料的快速前進。

10

寬闊的公路結束，轉過一個彎道。只剩不到一公里。從這裡開始的路線，是連續陡峭的上下坡，隨後進入田徑場，繞四百公尺跑道一圈後到達終點。
我應該沒有餘力與前面選手在最後衝刺時一較高低，因此，進入田徑場前的上下坡就是決勝的關鍵。我必須在這裡贏過跑在前面的人。加油聲推送著我來到這裡，接下來得要靠自己的力量完成。
第一個上坡角度陡直，這麼陡的坡道只靠腳上不去。我比先前更大幅的擺動手臂，穩穩的聚焦前方，用手臂向後甩的推進力，把身體推向前。在坡道時臉不可俯太低，也不可以抬太高。坡道上不容易抓住自己視線的位置，所以，必須刻意看著正前方。滿田老師不厭其煩的教我們。身體雖然疲憊不堪，但身體中還留存著老師打下的基礎。因為滿田老師嚴格、執著的指導了我好幾次。
可能因為上坡的關係，加瀨中和幾多西中也稍微放慢速度。幾多西中的選手步伐也開始有點凌亂。若能超過他的話，就能進全縣大賽。與幾多西中差距不到三十公尺。我一點一點的趕了上去。
身體正要開始習慣上坡時，即已來到下坡。在下坡時，身體會不由自主的加速。如果在這裡不能用正確姿勢跑的話，待會兒就會成為負擔。我跑的時候刻意把整個腳板往前送。下坡轉眼結束，又開始上坡。下坡的加速造成影響，幾多西中選手的身體沒法適應上坡。
機會到了。這裡是唯一的可能。我鬥志昂揚，決心要在這裡超越。但是，速度上不去。這裡若是邁不開步伐，就進不了第六了。心裡明知如此，腳卻沒法按意志邁進。越是提起勁，身體越是搖晃。
在無法超越的狀況下進入第二次下坡。這道坡跑完，再爬上一段長坡，便直接進入

田徑場了。若是進到田徑場，就沒有勝算。幾多西中速度並不算快，如果按原定安排，讓俊介來跑的話，應該能輕易超過。

不僅如此，若是以俊介的勁力，早就超過兩、三個人了。然而，為什麼讓我來跑就這麼困難呢？藥也服了，豬肝也吃了，全都按著醫生的囑咐做了，為什麼這副身體還是使不上力呢？連按照正確的姿勢跑步，腳都抬不起來，呼吸也困難。這種緊要關頭，為什麼會變成這樣。若是稍一鬆懈，可能就此倒地不起吧。胸口痛得想嘔吐，好像快要死了……不，哪會死啊。才跑這幾步，不會死吧。我不禁嘲笑起灰心喪志的自己。

常常聽人說「抱著必死的決心去做」。滿田老師也常說：「既然橫豎都要跑，那就抱著必死的心態去跑。」但是，真正以必死之心投入的人，我只見過一個。

離小學驛傳比賽還有一個月時，大田脫離了團隊。和大田一起跑很快樂，所以，我感到失望透頂。然而，代替他補上來的就是設樂。我想他也是被大家強硬推舉出來的吧。真可憐。我投以同情的眼光。可是，實際看到設樂的跑法，心裡大吃一驚。他一點也沒有樂在其中，跑步的姿態是那麼痛苦，但是卻強大得令人震懾。

設樂的跑步已完全超越了百分之百使出全力，盡最大可能。不只是跑步而已，他總是畏畏縮縮，但不論做什麼，他都是這樣全力以赴。我也知道大田視設樂為勁敵，因為抱著決死意志的人，無人能敵。雖然謠傳「在小學時大田唯一沒動過手的人」讓設樂很困惑，但卻是事實，大田隨時都用崇拜的目光看著設樂。

今天早晨，第一個跟我說話的人是設樂。

清早到達學校時才剛過五點，但設樂已站在校門口。距離集合時間六點還有一個小時，而且天色才微亮，四周一片昏暗。我驚訝的說：「你怎麼這麼早？」設樂笑笑說：「你不也一樣？」

「無來由的有點緊張，很早就醒了，所以想先過來跑跑。」

設樂往操場走去，我也是。到了田徑場後也會慢跑和暖身，不過，我想先在熟悉的學校操場跑一下。

一片寂靜的操場上，只有防風大衣的摩擦聲和我們的腳步聲。大賽當天的清晨，可能是心情亢奮吧，我們之間的距離比平常更遠些。

「終於來臨了。」

和緩的慢跑中，設樂靜靜的說。

「嗯，是啊。」

「好像才剛成為國中生，一轉眼已經是最後一次驛傳了。」

「幹嘛感嘆年紀啊，我們才十五歲耶。」

我忍不住取笑設樂感觸良多的模樣。

「的確是。可是，還好有你在。」

「嗄？」

「還好你拉我進田徑社。」

設樂轉過頭來對我說。天色還有些暗淡，看不清表情。不過，設樂的話發出清亮的聲響。

「也是。如果沒拉你進來，設樂你現在應該在電腦社吧。但是，你可能會憑著電腦參加全國大賽也不一定。」

「不要勉強自己。不要因為最後一戰，就強迫自己加把勁。」

我說了個玩笑，但設樂沒有笑，卻回了這一句。

「不要勉強自己。」

直到設樂說出來，我才第一次知道，這句話認同了我長久以來的努力。

我和設樂一起跑步的時間，比任何人都長。然而，我們之前卻有著微妙的隔閡。不論我怎麼耍寶逗他，設樂總是有些拒人於外。就算我叫他別放在心上，但他就是放不開。不過，我心中有一個部分，只有設樂能觸碰得到。

設樂說的話比任何人都能讓我安心。然而，今天，不論再怎麼勉強我都要試。設樂不懂任何偷懶打混的招數，而我今天要像他一樣，用必死的態度去拚一拚。

「還好有你拉我進來」這句話應該不是騙人的，但是設樂從來沒說過「跑步很快樂」這樣的話。國中畢業之後，設樂也許不會再跑，所以，我更不能讓今天成為終點。我想讓設樂再跑一點。為了實現這個心願，只能贏得比賽，只能追過某個人。如果這裡沒辦法進第六名，一切都將結束。

我死命的擺動手和腳，讓頭腦全速運轉。一面跑一面回想滿田老師的教誨和上原鼓勵的話語。連自己怎麼呼吸過來的都不知道，便開始上坡。不管怎樣就是往前跑。除此之外的事都隨便它了。就算死了我也不在乎。我可能心裡真是這麼想的。

上坡爬過一半，幾多西中近在眼前。這次絕不能讓他逃掉。我按捺住焦慮的心情，大步大步的往前跨。我感覺幾多西中選手的呼吸就在身旁。可以的，可以拿下！我再次加大步伐。幾多西中的氣息不在身邊，而在身後了。對，我超越了。

11

這樣一來就沒問題了，我們能進全縣大賽了。這麼一想時，鼻心深處刺痛起來。好不容易才到手的機會，絕不能再放走它。第六名，稍不注意就有可能脫落的位置。不管怎麼樣我都必須守住。

幾多西中選手的呼吸在正後方緊追不捨。對方也一定想盡辦法想搶回去，而且想追過現在的我並不困難。只努力守住第六名的話，馬上就會被超越。在這裡不能以守成的態度跑，必須永遠朝著更前面的目標跑才行。本來我有著源源不絕的力量，向著前方切風而行。如果能那麼跑，一定能贏。可是，這種跑法已經是多久之前的事了？曾幾何時能再用我的方式跑呢？最近我都是一邊觀察身體狀況，保守的跑。身體狀況一直不佳，不能隨心所欲的快跑。身體幾乎都忘了自己以前是怎麼跑的。不過，沒關係。因為我一直在近處看著自己的跑法。每天都看著俊介跑，那就是以前我的跑法。

「桝井學長，你是怎麼跑的？能不能用慢動作擺動手臂給我們看？」

俊介剛入社時，一直像個小跟班似的，在我身邊問東問西。

「只動手臂？哦，好啊，像這樣？」

「是哦。那下次我也學學長那樣跑，你再幫我看看。如果有錯的地方，請再指導我。」

畢恭畢敬的態度弄得我怪不好意思的。可是，教導別人是件有趣的事。沒有田徑經驗的俊介，請教了我的建議後，便令人驚奇的具體表現出來。經過一年的練習，俊介採取了跟我一樣的跑法，記錄也提升了。而且，這個夏天，俊介比起狀況不佳的我更有力量。

大賽一星期前，在練習時進行的三公里記時賽中，俊介領先了我三秒。我從心底感到高興。而最後一次熱身賽，俊介也超過了我。這樣的話，我們獲勝的可能性又增高了。團員變強的喜悅，大大多過自己被超越的懊惱。

「太厲害了，俊介。」

我拍拍俊介的肩。

「是嗎？」

「真棒。跑得好。」

「謝謝。」

我發出讚美時，俊介隨時都會開心的笑，但他只說了這句話。大概覺得超越我很內疚吧。真傻，不用懷著這種沒意義的情緒啊。我真心這麼認為。

「從這裡開始用短距離概念。」

直到剛才，我還對著跑五區的俊介喊出這樣的話。與前面跑者短兵相接的狀況下，不經思索的喊出這句魯莽的話。

不過，俊介真的照我的話跑了。不知從哪裡湧出一股神力，以極驚人的氣勢全速向我衝來。快要跑完三公里時的俊介，真的像個短距離跑者般疾衝。

俊介一向是如此。我的想法、我的聲音，俊介都照單全收。即使有時候詞不達意，

俊介也能立刻捕捉到我的真意。超越我沒關係，不管怎麼樣都想進全縣大賽。我這樣單純的念頭，俊介應該也已體會到了。

現在的我沒法再像俊介那樣跑了。但是，我應該還可以像俊介那樣孤注一擲的跑。「別讓身體跳動」、「穩穩的吐氣」、「手臂大幅擺動」，以前我教給俊介的話，現在轉向我自己。然後驅動身體，忠實的反映給自己。

幾多西中的動靜並沒有在後面消失，但是，同樣向前跑的加瀨中背影逐漸逼近。延續到田徑場的坡道還有五十公尺。加瀨中、我、幾多西中，三人中只有兩人能得到想要的寶物。

「絕對做得到」、「力氣再多發揮一點出來」，即使只是單純的鼓勵，俊介也總是認真聽進去。俊介直率的感受有時令我難過又痛苦。不能成為俊介心目中的那個人，我也感到哀傷。但是，正因為俊介的存在，我才沒有放棄自己。因為俊介一直看著我，我才不致墮落消沉。今天我想成為他真正可以信任的學長。我咬牙跑上最後一個坡頂，以第六名進入田徑場。

就在進場的剎那，加油聲轟的變大了。不論哪個學校的學生、顧問老師都卯足了勁嘶喊著。而加瀨中似乎要呼應他們，開始衝刺。

加瀨中的選手來到這裡，還留著衝刺的力量。已經跑了近三公里，但他的姿勢沒有垮，腳也還有力氣。不愧是滿田老師指導的學校。

我緊跟在加瀨中的後面不敢稍離。加瀨中漸漸增加了速度，但絕不能鬆懈。就算是一秒也不能疏忽。我要盯緊他。但是，到剩下三百公尺的時候，專注跟在加瀨中後面的我，身邊多了幾多西中。

「桝井，加油啊！」

不妙。我耳邊突然飛進上原的聲音。和平時一樣一再重複叫著「加油」、「還差一點」。只是，和平時不同的是，上原的聲音在顫抖。唉，我不是說過了，老師只有在畢業典禮才可以哭的嗎？

12

今天早上，我被指名跑最後一棒。

「沒錯沒錯，報名時我改了。」

到達田徑場時，上原突然蹦出這句話。

「還是讓桝井跑六區。」

「為什麼！」我瞪大了眼睛。上原很乾脆的說：「因為想贏。」大賽當天的早上，出賽前才更改。然而，似乎只有我一個人受到衝擊。大家都很自然的接受，展開接下來的作業。

「我有貧血。」

我避開正在架帳棚的成員，向上原報告。我實在不想搬出貧血這兩個字，但是我得早點讓上原認清事實，及早對應。

「你這麼一說，的確有感覺到。」

「有感覺到？所以你知道？你記得吧，間歇跑第三次左右開始，我的腳就抬不起來，總是在一公里左右，就開始掉速度。」

上原肯定不了解事態的嚴重，只是感情上想讓我當最後一棒跑者。但是，為了求勝，不需要這種青春劇情。我簡單扼要的說明。

「總之，最後我使不上力。最後一段最重要了，可是我沒有辦法。這是一場在最後爭輸贏的比賽，而我卻沒有贏的力氣。」

「所以呢？」

上原歪著頭看我。

「所以，我是說我沒有能力負責六區。」

「那又怎麼樣？」

「怎麼樣？拜託你為團隊考慮一下吧。我們辛苦這麼久了，我不用跑六區沒關係，大家一起進全縣大賽才是重點，不能為了讓我擺酷，讓一切成為泡影。」

「原來如此。桝井，你真是灑脫又了不起。」

上原默默聽我說了半天，突然冒出這句無厘頭的話。

「你在說什麼呀？」

「桝井，你一直在自我表面下三公分深的地方交戰吧。所以，看上去好灑脫。不過只有你拋開這些，才能活下去。」

「這跟驛傳有什麼關係？」

馬上就要上場了，上原幹嘛跟我說這些話？八竿子打不到一塊兒的事，讓我好煩躁。

「驛傳也是一樣哦。全體團員都崇拜你，你也切實的掌握了大家的狀況。每個人跑得怎麼樣，性格、狀態，你都抓在手中。可是呢……」

上原凝視著我的臉。

「可是？」

「可是，桝井，你對別人一點都不了解，別人也沒法傳達給你，因為大家都對你甘拜下風。桝井，你真的讓大家自嘆不如。」

「那又怎麼樣？」

比賽前，上原為什麼要說這些話？我完全慌了手腳。

「我以前一直不懂為什麼人家說，國中的運動是要學些高於技術的東西。但是現在懂了。是你讓我見識到這些的。」

上原對我微笑。

「跑不動也無所謂。因為我……唔不對，我們期待的不是那些東西。不過，你還是要跑六區。」

跑道只剩一半。幾多西中與我並肩前進。絕不能讓這傢伙得逞。當然，我也不會因為滿田老師當顧問，就禮讓眼前的加瀨中。絕對不能輸！要像二郎一樣享受到最後。腦海中響起渡部吹奏那首鄉間騎士什麼的曲子。

剩下一百公尺。各個部位都缺氧了。兩腿和手臂和全身都在發痛。心臟不尋常的快速搏動。我肩上的彩帶沉甸甸的，從設樂到大田，從大田到二郎，從二郎到渡部，從渡部到俊介，然後再連接給我的彩帶。跑的時候是孤單的。然而讓我前進的，並不只有我。我像設樂般拚上性命的跑，像大田一般毫無保留的緊跟著。

終點就在眼前。相信我！我試著喊出遞給俊介的話。我要跑出俊介一直關注的那種跑法。即使身體就要四分五裂，我也要那麼跑。我把身體不顧一切的推向前再推向前。一步，就只多一步，我比幾多西中向前躍出。

成了。我就這麼跑到盡頭。今天不是結束。最後一棒不是最後一個跑者。我絕對會把你們聯繫在一起，把大家帶往下一個跑場。

「桝井，你貧血耶。」

上原走進救護站。

「賽前我不是跟你說過了嗎？反正你也早就知道了。」

衝到終點後我立刻癱倒，被大陣仗的抬進救護站，在裡面休息。

「對喔。設樂在梅雨季的時候，跟我說過。」

「是哦。」

「你還好嗎？」

「嗯，什麼事都沒有。」

我一使勁坐起身體。腦袋已經清醒了。

「對了對了，全縣大賽的路線，今年開始是在笹岡對吧？不久前我去看過了。很適合我們隊跑耶。上下坡都很多。」

上原已經在說全縣大賽的路線了，根本沒在擔心我。我忍不住笑出來。

「老師，幹勁十足哦。」

「其實沒什麼信心啦。不過，再多學會一點，應該還不錯。」

離全縣大賽還有一個月，必須繼續忍受窒息的痛苦。但是，還有一個月，又可以跟大家一起煎熬焦慮了。

「哦，我得去叫大家集合了。他們差不多都該回來了。」

我衝過終點已經半個多鐘頭了吧。大家應該都回到田徑場了。好想早點看看大家跑完的臉。

「對啊。沒錯。」

「那我們走吧。」

我握緊從肩頭垂下來的彩帶，踏出了帳棚。

JJJ 012
晴空下與你一起狂奔（增訂新版）
あと少し、もう少し

國家圖書館出版品預行編目（CIP）資料

晴空下與你一起狂奔 / 瀨尾麻衣子著；陳嫻若譯．-- 增訂二版．-- 臺北市：天培文化出版：九歌發行，2019.08
面；　公分．--（JJJ；12）
譯自：あと少し、もう少し

ISBN 978-986-97007-1-9(平裝)

861.57　　107019278

作　　者——瀨尾麻衣子
譯　　者——陳嫻若
責任編輯——莊琬華
發 行 人——蔡澤松
出　　版——天培文化有限公司
台北市 105 八德路 3 段 12 巷 57 弄 40 號
電話／02-25776564・傳真／02-25789205
郵政劃撥／19382439
九歌文學網　www.chiuko.com.tw
印　　刷——晨捷印製股份有限公司
法律顧問——龍躍天律師・蕭雄淋律師・董安丹律師
發　　行——九歌出版社有限公司
台北市 105 八德路 3 段 12 巷 57 弄 40 號
電話／02-25776564・傳真／02-25789205
初　　版——2015 年 2 月
增訂二版——2019 年 8 月
定　　價——350 元
書　　號——0303012
I S B N——978-986-97007-1-9
（缺頁、破損或裝訂錯誤，請寄回本公司更換）